भीड़ में तन्हा

कहानी संग्रह

डॉ० अशोक कुमार

Delhi-110089, India

प्रथम संस्करण : 2021
ISBN : 978-93-90889-31-0
मूल्य : 200/-

'भीड़ में तन्हा' कहानी संग्रह के कथानक एवमं पात्र पूर्णतया काल्पनिक हैं इनका वास्तविक जीवन में मेल खाना महज एक संयोग समझा जाये। इसके लिये लेखक उत्तरदायी नहीं होगा।

आवरण : ज्योति

भीड़ में तन्हा (कहानी संग्रह)
–डॉ० अशोक कुमार

Bheed Main Tanha (Kahani Sangrah)
-Dr Ashok Kumar

Published by
PRAKHAR GOONJ PUBLICATION
H-3/2, Sector-18, Rohini, Delhi-110089
Email : prakhargoonj@gmail.com
       sinha.neelu123@gmail.com
Ph. : 7982710571, 7838505899, 011-42635077
web : prakhargoonjpublications.com

सादर समर्पित

कहानी संग्रह 'भीड़ में तन्हा'
मेरे पूज्य स्व० पितामह पं० गंगा प्रसाद शर्मा
एवं पितामहि श्रीमती राधारानी जी को समर्पित है।

जिन्होंने अपनी सन्तानों को अच्छी शिक्षा एवं संस्कार दिये। बुन्देलखण्ड के उरई जालौन जैसे पिछड़े इलाके में पराधीन भारत में पुस्तक प्रकाशक एवं विक्रेता के व्यवसाय के द्वारा विद्या और ज्ञान के प्रसार में उन्होंने अभूतपूर्व योगदान दिया।

आभार

मैं आभारी हूँ श्रीमती इन्दुप्रभा, डॉ० रूपाली, श्री पलाश शर्मा, श्रीमती ललिता शर्मा एवं शौर्य शर्मा का जिन्होंने मुझे अपना समय देकर लेखन हेतु सहयोग दिया।

मैं आभारी हूँ श्री ओमप्रकाश मिश्र एवं नीरजा मिश्रा का जिन्होंने मुझे प्रेरणा दी।

मैं आभारी हूँ श्री रमेश चन्द्रा जी का जिन्होंने कम्प्यूटर टाइपिंग कर 'भीड़ में तन्हा' कहानी संग्रह को स्वरूप दिया।

मैं आभारी हूँ प्रकाशक श्रीमती नीलू सिन्हा जी का जिन्होंने 'भीड़ में तन्हा' का सुन्दर प्रकाशन प्रखर गूंज पब्लिकेशन द्वारा किया।

कहानी क्यों ?

कहानी कहना एक कला है। या यों कहें कहानी आदमी के अनुभवों की एक कलात्मक अभिव्यक्ति है। कहानी कैसी भी हो उसे जीवन से जोड़ना होगा। जीवन से हट कर कोई कहानी नहीं गढ़ी जा सकती है। छोटी-छोटी कहानियों में जीवन का निचोड़ है। आज की द्रुतगामी तथा तीव्र गति से चलने वाली दुनियाँ में कहानी जीवन को समझने का एक (an effective means) प्रभावशाली माध्यम है। इनका प्रभाव अमिट है।

गुलेरी जी की आज से एक शताब्दी पूर्व लिखी गई 'उसने कहा था', टेगोर की 'काबुली वाला', लियो टॉल्सटाय की 'हाउ मच लैण्ड डज ए मैन रिक्वायर' तथा ओ हेनरी की 'गिफ्ट ऑफ मैजाई' को कौन भूल सकता है ? इनका तिलस्म आज भी बरकरार है। इनकी उत्कृष्ट कथावस्तु तथा कथन शैली ने आज भी इन्हें जीवित रक्खा है। इनके कथा शिल्पी आज अमर हो गये हैं।

मानव के आर्विभाव से ही किसी न किसी रूप में संवेदनाओं की अभिव्यक्ति होती रही है। इशारों से, शब्दों से चित्रों के माध्यम से मानव अपने अनुभवों को वर्णित करता रहा है। शाब्दिक वर्णन कहानी का आधार है। नैरोटोलोजी में इसकी विस्तृत व्याख्या पाश्चात्य आलोचकों ने की है। कहानी कहने के विभिन्न पहलुओं की भी व्याख्या हुई है। पर्सी लुबक ने 'क्राफ्ट ऑफ फिक्शन' में कहानी तथा उपन्यास के विभिन्न आवश्यक तत्त्वों की व्याख्या की है। जैरार्ड जैनेट ने 'नैरोटोलोजी' के विभिन्न आयामों को विस्तार से अपने कई लेखों तथा पुस्तकों में वर्णित किया है।

कहानी की आवश्यकता पर बार-बार एक ही बात को पुनरावृत्ति करने का कोई औचित्य नहीं है। कहानी का प्रारम्भ आदि काल से मानव के जन्म के साथ ही शुरू हो गया था। प्राचीनकाल में भित्ती चित्रों, पत्थरों में उत्कीर्ण चित्रों, मूर्त्तियों तथा आलेखों द्वारा कथा कहने की प्रवृत्ति का उल्लेख एवं प्रमाण प्राचीन इतिहास एवं प्राचीन नगरों के अवशेषों को देखने से मिलता है। भारत में अजन्ता, एलोरा, खजुराहों आदि आज भी इसके जीवन्त प्रमाण हैं। कहानी तब से आज तक कहीं जाती रही है, आगे भी कही जाती रहेगी।

कथावस्तु, भाषा, एवं संप्रेषण की तकनीकि में समय के साथ बदलाव होता रहा है। कथावस्तु एवं कथाशिल्प में वरीयता किस को दी जाये यह विचारणीय बिन्दु रहा है। लेकिन यदि दोनों का मिश्रण आदर्श एवं पूर्ण हो, कहानी अपने में अदभुत होगी। यह बात गुलेरी जी की 'उसने कहा था' पर पूर्णतया लागू होती है। कहीं-कहीं तकनीकि पार्श्व में चली जाती है और कहानी अपने प्रभाव और सादगी के लिये जानी जाती है। प्रेमचंद की 'कफन' एवं सुदर्शन की 'हार की जीत' आज भी अपनी सादगी एवं प्रभाव के लिये जानी जाती है। बी.बी.सी. की हिन्दी सेवा ने 2013 में हिन्दी की दस सर्वोत्तम कहानियों के चयन में उपरोक्त कहानियों को अपनी सूची में जगह देकर एक सम्मान दिया है। हिन्दी की ये कहानियाँ ऐसी कालजयी रचनायें हैं कि इनके रचनाकारों को इनसे एक पहचान मिली है।

हिन्दी कहानियों ने इधर काफी प्रगति की है। 1960 के बाद विषयवस्तु तथा कथा शिल्प में नये कीर्तिमान स्थापित हुये है। कई साहित्यिक आदोलनों ने कहानी को नई दिशायें तथा नये विचार दिये। नई कहानी, सचेतन कहानी, सहज कहानी, जनवादी कहानी, समानान्तर कहानी, दलित एवं महिला विमर्श आदि आदोलनों ने हिन्दी कहानी को विविधता तथा नये आयाम दिये। विविध शैली तथा अछूते विषयों को भी कहानियों में स्थान मिला। हिन्दी कहानी शनैः शनैः प्राश्चात्य प्रभाव से मुक्त हो रही थी। कमलेश्वर, महीप सिंह कामतानाथ, रामदरशमिश्र, शैलेश मटियानी, असगर वजाहत, स्वंयप्रकाश, वल्लभ डोभाल, ओम प्रकाश वाल्मीकि, मन्नू भंडारी, ममता कालिया, मृदुलागर्ग आदि-आदि नें हिन्दी कहानी जगत को नई ऊँचाईयां दी। कहानी को जीवन के यथार्थ से जोड़ने का जो कार्य प्रेमचंद ने किया था उसको प्रेमचंदोत्तर उपरोक्त कथा शिल्पियों ने आगे बढ़ाया तथा नये कीर्तिमान स्थापित किये।

कहानी क्यों? जीवन के यथार्थ को समझने में यदि कोई ललित कला सर्वाधिक सहायक है तो वह साहित्य है। साहित्य में कहानी विधा ही जीवन से ज्यादा जुड़ी एवं प्रांसगिक प्रतीत होती है। हमारे आपके जीवन का अक्स है कहानी। नानी-दादी से होकर सेल्यूलाईड के बड़े और छोटे पर्दे पर कहानी आज ज़िन्दगी की धड़कन बन गई है।

'उसका फैसला' से 'एक छांव की तलाश में' तक 'भीड़ में तन्हा' कहानी संग्रह में सौलह कहानियाँ हैं। मिर्यॉ जावेद से लेकर हरमन शाह तक सारे पात्र आम आदमी की भीड़

से लिये गये हैं। स्वतंत्रता से पूर्व की पृष्ठभूमि में लिखी गई कहानी 'दरवाजे बंद हैं' के मि० जैक्सन एक सहृदय अंग्रेज हैं। अनजाने में एक युवा भारतीय क्रांतिकारी को शरण दे देते हैं किन्तु सच्चाई जानने के बाद भी उन्हें कोई पछतावा नहीं है। उसकी विधवा सुचित्रा को अपनी कोठी तथा पर्याप्त धन देकर इंगलैण्ड वापस चले जाते हैं। अन्य कहानियों के पात्र भी आपके अन्तःकरण को कहीं न कहीं स्पर्श अवश्य करेंगे। ऐसा मुझे विश्वास है और यही मेरी सफलता होगी। हिन्दी कहानी के पाठकों का प्रोत्साहन मुझे एक नई ऊर्जा एवं साहस प्रदान करेगा। प्रकाशक के प्रति आभार अति आवश्यक है क्योंकि वह लेखक के सपनों को पुस्तक का आकार देता है।

25 दिसंबर 2021

डॉ अशोक कुमार
सिविल लाईंस
रायबरेली
उत्तर प्रदेश

अनुक्रमणिका

उसका फैसला

मियाँ जावेद रेल के डिब्बे की खिड़की से बार-बार बाहर देख रहे थे। रेल ने अभी-अभी यमुना ब्रिज पार किया था। रेल अपनी पूरी रफ्तार से दौड़ रही थी। अचानक गाड़ी बीच जंगल में रुक गई। जावेद जो अतीत में खोये हुये थे कुछ विस्मित हुये और कुछ बुदबुदाये। खिड़की के बाहर देखा तथा बैग से पानी की बोतल निकाल कर पानी पिया। अभी-भी गफलतपुर बीस किलोमीटर दूर था। वह सोच रहा था-गोया कि बैरिस्टर दयाशंकर उसे पहचान सकेंगे। बैरिस्टर की कोठी क्या वैसी ही शानदार आज भी बरकरार होगी ?

चालीस साल बाद जावेद दुबई से अपने वतन लौटा था। जावेद का जन्म सन् 1940 का था। जावेद और दयाशंकर एक साथ गफलतपुर से पढ़े और बड़े हुये थे। दयाशंकर, जावेद से 7-8 साल बड़े थे। जब जावेद ने हाईस्कूल पास किया तब दयाशंकर बी०ए० पास करके वकालत पढ़ने बाहर चले गये और तीन साल बाद बैरिस्टर होकर लौटे। बैरिस्टर दयाशंकर झाँसी कमिशनरी के सबसे नामवर वकील थे। तीन दिन वे झाँसी में तथा तीन दिन गफलतपुर में रहते थे। झाँसी में सिविल लाइन्स में मशहूर नवभारत होटल के पास ही उनकी कोठी थी जिसमें उनका स्टाफ तथा खानसामा रहता था। जावेद और दया के शुरू के मौजमस्ती के दिनों में पतंगबाजी, कैरम और शतरंज खूब जमीं। हॉकी में ध्यानचंद उनके रोल मॉडल हुआ करते थे। इतने लम्बे अन्तराल के बाद मिलने का इरादा जावेद को खुशी से झकझोर गया था किन्तु उनके लड़के तथा लड़की नज्म तथा नज़मा जो लखनऊ में बस गये थे, ने उन्हें इस उम्र में अकेले गफलतपुर जाने से काफी मना किया था। बच्चे जानते थे कि उस युग का पटाक्षेप हो चुका है।

रेलगाड़ी फिर चल दी थी और आधे घंटे बाद वह गफलतपुर रेलवे स्टेशन पर खड़ी थी। जावेद को सबकुछ बदला-बदला नजर आया। रेलवे स्टेशन तीन प्लेटफार्म, ओवर ब्रिज अन्डरग्राउन्ड पैसेज, कैन्टीन आदि से सुसज्जित लगा। जावेद कैन्टीन पहुँचा एक चाय और एक खस्ता खाया। अपनी शक्ल आइने में देखी और स्टेशन से बाहर निकल आया। रिक्शा और टैम्पो बाहर खड़े थे। रिक्शा किया और मंदिर वाली गली चलने को कहा। रिक्शा उसने जानबूझ कर किया क्योंकि उससे वह पुराने गफलतपुर से जो उसके जेहन में था, मिलान

कर सकता था। लेकिन यहाँ तो सब कुछ बदल गया था। बाजार में जहाँ उसके चचा रमजानी की टेलर्स शाप थी वहाँ एक आलीशान रेमण्ड्स का शोरूम खुल गया था। रमजानी के नाम से कोई वाकिफ न था। सन् पचपन में वे सूट एवं शेरवानी के सबसे मशहूर सिलाई मास्टर थे। अड्डामंदिर के मशहूर महादेव मिष्ठान भण्डार का नामोनिशान नहीं था। मंदिर वाली गली में वे जब आगे बढ़े और वैरिस्टर दयाशंकर की कोठी के दरयाफ्त करने पर कुछ पता न चल सका। तब एक काफी वृद्ध पुजारी ने एक टूटी-फूटी वीरान सी कोठी की ओर इशारा किया। एक अन्य ने जानकारी दी कि उनके लड़के मायाशंकर यहाँ रहते हैं और दयाशंकर को गुजरे एक अरसा हो गया था।

मियाँ जावेद सीढ़ी चढ़ते हुये खंडहर हो गई कोठी, पर पहुँचे। मायाशंकर को कई आवाज देने पर एक बदसूरत सा अधेड़ निकल कर आया। अपने पिताजी के दोस्त जानकर भी उसने कोई तवज्जो नहीं दी। जावेद के पूछने पर दो चार शब्दों में उत्तर देकर वह चला गया। जावेद को यह सब देख-सुनकर बड़ा धक्का लगा। वह लौटकर सड़क पर आया। उसका गला सूख रहा था। बैठकर पानी पीने की इच्छा हुई। सामने एक छोटी सी दुकान थी। वहीं जाकर वह रुक गया। दुकान के सामने एक बैन्च पड़ी थी। वह उसी पर बैठ गया।

कुछ पल तक किंकर्तव्यविमूढ़ सा बैठा रहा। दुकान पर एक अधेड़ महिला बैठी थी। सामान के नाम पर ब्रैड, पाव, रोटी, टाफी, चाकलेट तथा पान मसाला मात्र था। महिला ने उससे परिचय तथा वहाँ आने का कारण पूछा। जावेद ने बताया कि वह उसे एक मुसाफिर ही समझे और वह यहाँ अपने बचपन के दोस्त दयाशंकर से मिलने आया था लेकिन वह अब नहीं रहे। आज ही शाम यह वापस लखनऊ चला जायेगा।

उस अधेड़ महिला ने चाय-पानी को पूछा लेकिन मियाँ जावेद ने शराफत से उसे मना कर दिया। अपने बैग से पानी की बोतल निकाल कर दो घूंट पानी पिया। जावेद बुदबुदाने लगा-'क्या शानदार शख्सियत थी दयाशंकर की ?' कानून की दुनियां में क्या नाम था उसका कस्बे में क्या रसूख था ? सब खत्म हो गया इतनी जल्दी।'

वह महिला बोल उठी 'पं० दयाशंकर एक खूबसूरत, नेक दिल और पढ़े लिखे इंसान थे। लेकिन कभी-कभी अच्छा भला इंसान भी बड़ी गल्ती कर देता है'

जावेद मियां अवाक से उसे देखने लगे। 'कौन सी गलती कैसी गलती। आप यह क्या कह रही हैं।'

उस अधेड़ महिला ने जो उद्घाटित किया वो कम अचरजपूर्ण न था।

बैरिस्टर दयाशंकर का पुस्तैनी गाँव बेरहमपुर, गफलतपुर कस्बे से लगभग दस कोस दूर था। दयाशंकर के पिता 1920 में आकर गफलतपुर में बस गये थे। वे अपने समय के नामी वैद्य थे। बेरहमपुर से पांच कोस दूर वेतवा बहती थी उस पार मध्यप्रदेश का भिन्ड, मुरैना इलाका शुरू हो जाता था, जो डाकुओं के लिये जाना जाता था। बेरहमपुर में दयाशंकर परिवार के साथ-साथ करन तोमर का परिवार भी जमीन जायदाद के लिये जाना जाता था। तोमर परिवार ने अपना गाँव नहीं छोड़ा था। दुर्भाग्य से डाकुओं ने एक रात गाँव में धावा बोल दिया तथा तोमर परिवार को लूटकर सभी आदमियों को मार गिराया और बीहड़ में भाग गये। यह घटना सन् उन्नीस सौ साठ की होगी।

बैरिस्टर दयाशंकर ने जब वकालत शुरू की तो बेरहमपुर गाँव के बहुत से मुवक्किल उनके पास आते थे। दयाशंकर के भी बाग बगीचे वहाँ थे। उनकी देखभाल राम सहाय करता था। राम सहाय ने तोमर परिवार की विधवा के खिलाफ जमीन का एक मुकदमा दाखिल किया तथा पटवारी और कानूनगो से पट्टे पर अपना नाम दाखिल करा लिया। यह मुकदमा कई साल कई अदालतों में चला तथा बैरिस्टर दयाशंकर के दबदबे के कारण रामसहाय ने विमला तोमर से वह जमीन हथिया ली। साम, दाम, दण्ड भेद सभी अपनाकर वह काबिज हो गया। विमला तोमर टुकड़े-टुकड़े को मोहताज हो गई।

किन्तु ऊपर वाले की लाठी जब चलती है तो आवाज नहीं होती। 1980 में झाँसी से गफलतपुर लौटते हुये एक कार दुर्घटना में बैरिस्टर दयाशंकर की मौत हो गई। उनके लड़के मायाशंकर जो काफी बड़े ठेकेदार थे एक ओवर ब्रिज के गिर जाने के कारण, जिसका निर्माण उन्होंने किया था जेल जाना पड़ा था। बैरिस्टर दयाशंकर की जमीन जायदाद इधर-उधर बिखर गई।

जावेद जो तल्लीनता के साथ सुन रहा था, बोल उठा, 'क्या बैरिस्टर की मौत कोई साजिश थी ?' अधेड़ महिला बोली 'नहीं'।

जावेद पूछ बैठा 'आप का तारूफ-आप कौन हैं जो इतने यकीन से यह कह रही हैं?

मैं निर्मला तोमर हूँ-विमला तोमर की बेटी। डाकुओं के हमले से गाँव में तोमर परिवार के दो लोग बचे थे उनमें एक मैं थी। मैं उस समय गर्भवती थी। आज मेरा बेटा इलाहाबाद हाईकोर्ट में जज है और मैं दयाशंकर के सम्पूर्ण विनाश के इंतजार में यहाँ पैंतीस वर्षों से रह रही हूँ।'

जावेद हतप्रभ सा निर्मला तोमर को देखता रहा। वह उठा अपना बैग कंधे पर लटकाया और गफलतपुर स्टेशन की ओर चल पड़ा।

৶৹ଔ

मि० रौबिन व्हाईट

जिला विद्यालय निरीक्षक का आफिस शहर के बाहर झाँसी रोड पर स्थित था। मैं साइकिल से वहाँ पहुँचा। पहली बार किसी आफिस से साबका पड़ा था–और पहली बार किसी अफसर से बात करनी थी। काफी हिम्मत जुटानी पड़ी थी। एक परिचित का रिफरेंस देकर जिला विद्यालय निरीक्षक श्री त्रिवेदी जी से बात की। उन्होंने मुझे सम्बन्धित कल्र्क रोबिन व्हाईट से मिलने को कहा। यह घटना सन् 1962 की थी और मेरी उम्र थी मात्र बारह वर्ष।

1962 में मेरे पिता का दिल का दौरा पड़ने से मृत्यु हो गई थी जो कि एक सरकारी सहायता प्राप्त विद्यालय में प्राध्यापक थे। उनके प्रोविडेन्ट फेड के भुगतान का मामला था। जिलाविद्यालय निरीक्षक के आफिस में पी.एफ.के मसले रॉबिन व्हाईट ही देखते थे।

श्री त्रिवेदी जी के आफिस से निकलकर राबिन व्हाईट के बारे में पूछता-पूछता आफिस के सबसे पीछे के कमरे में उनकी मेज के सामने जब मैं पहुँचा तो उनको देखकर मैं अवाक रह गया। वे मुझे एक अजीब शख्सियत नजर आये। गर्दन तक लम्बे सफेद बाल, रंग साफ, कद दरम्याना, उम्र 50-55, ड्रेस कुर्ता-पैजामा और सदरी। किसी भी ऐंगिल से वे ईसाई नहीं लगते थे। उन्होंने मेरी ओर देखा ही नहीं मेज पर पड़ी फाईलों के ढेर में कुछ ढूंढते रहे। लेकिन उनका मुँह चल रहा था–गोया कि वे कुछ खा रहे थे। मुझे समझ में नहीं आया कि मैं कैसे शुरूआत करूँ या यूँ ही लौट जाऊँ। मैं एक ऊहापोह की स्थिति में था कि मुझे एक आवाज सुनाई दी' 'कहिये जनाब कैसे तशरीफ लाये। मैं क्या कर सकता हूँ।' मैं चौकन्ना हो गया क्योंकि वे प्रश्न मुझसे ही कर रहे थे। मैंने उत्तर दिया कि मैं अपने पिता के प्रोविडैन्ट फन्ड के मसले पर बात करने आया था। यूँ कोई दिक्कत न होती यदि वे नोमिनेशन कर गये होते। हमारा परिवार कठिनाई में है और उनके प्राविडैन्ट फन्ड के पाँच हजार रूपये इस समय हमारे लिए काफी मददगार होंगे। इसके अतिरिक्त जो सहानुभूति पाने के लिये मैं कह सकता था मैंने कहा। वे उसी तरह मुँह चला रहे थे। कुछ क्षण उन्होंने मुझे देखा फिर मुझे एक हफ्ते बाद मिलने को कहा। सम्पूर्ण विवरण मैं उन्हें पहले ही दे चुका था।

बाबूजी की अचानक मौत ने हम सबको झकझोर कर रख दिया था। ये सब एकाएक ही हुआ जिसके लिये हम सब तैयार नहीं थे। जो बहुत खास थे वे किनारे हो गये जो बिल्कुल आम थे वे मौखिक सहानुभूति दिखाने में लग गये। हमें लगा कि हमें अपनी लड़ाई स्वयं ही लड़नी पड़ेगी।

एक हफ्ते बाद जब मैं आफिस पहुँचा वे अपनी सीट पर न थे। जब दूसरे क्लर्कों से उनके बारे में पूछा उन्होंने कोई उत्तर न दिया। काफी कुरेदने पर एक कल्र्क झल्ला कर बोला 'औनली जीसस कैन टैल व्हेर ही गोज एन्ड व्हैन ही कम्ज।'

मैं समझ गया कि रौबिन व्हाईट एक अलग तरह के शख़्स थे। अपने साथियों से बिल्कुल भिन्न। मैं आफिस से बाहर निकला, साइकिल उठाई और उस पर चढ़ ही रहा था कि सड़क पर उन्हें एक दुकान पर चाय पीते देखा। मैं रुक गया। मैं उनके पास पहुँचा, उन्होंने बड़े बेतकल्लुफ होकर चाय को पूछा किन्तु मैंने इनकार कर दिया। वे चाय पीते रहे साथ ही साथ बिस्कुट भी डूबो कर खाते रहे।

मि. रौबिन व्हाईट मुझे आफिस ले आये। मैं जब उनकी सीट पर पहुँचा तो उन्होंने बैठने को कहा। उनके बोलने का अन्दाज़ बहुत ही अलग था। 'माई डियर यंग मैन-मैंने तुम्हारा केस तैयार कर दिया बस साहब का दस्तखत होना बाकी है। चूंकि तुम्हारी माँ के अलावा कोई क्लेमेंट नहीं है तथा बेटियों ने भी एफिडेविट द्वारा अपनी माँ को ही पी.एफ. देने की बात कही है। अब कोई रुकावट नहीं है।' उन्होंने किसी तरह के पैसे के लेन-देन की कोई बात न की।

आफिस से मालूम हुआ कि जिलाविद्यालय निरीक्षक अपनी पुत्री की शादी के लिये लम्बी छुट्टी लेकर इलाहाबाद चले गये थे। मैं एक महीने बाद जब फिर पहुँचा तो रौबिन व्हाईट नदारद थे। आफिस में कोई कुछ बताने को तैयार नहीं था। ऐसा मालूम पड़ा कि वे बिना बताये तथा बिना छुट्टी लिये हफ्तों गायब हो जाते थे।

मैं चाय वाले की दुकान पर पड़ी बैन्च पर बैठ गया और सोचने लगा। क्या साहब से एक बार फिर मिल लूँ? या एक दो दिन बाद फिर आऊँ। चाय वाला पूछ बैठा 'क्या बात है बबुआ? का सोचत हो।' जब मैंने मि० रौबिन व्हाईट के बारे में पूछा तो वो बोल उठा 'उनका कौनिऊ ठिकाना नहीं है कि कब प्रगट हों या न हो। हो सकत है कि शराब पिये घर में ही पड़े हो या बीमार हों। आगे पीछे उनके कोई नाहीं है।'

मैं एक बार फिर सोचने लगा क्या रौबिन व्हाईट से घर जाकर मिलूं–ये ठीक रहेगा कि नहीं ? चाय वाला फिर बोल उठा 'बबुआ आदमी बहुत शरीफ है तुम मिल सकत हो बजरिया के पास पुराने चर्च के पीछे रहत हैं।' मैंने साइकिल उठाई और घर की ओर चल दिया। बजरिया मेरे स्कूल के रास्ते में पड़ता था। मैंने विचार बनाया कि कल स्कूल से लौटते वक्त उनसे मिल लिया जाय। मैंने अपनी माँ को बताया कि मैं उनसे मिल कर पता लगाऊँगा कि साहब के दस्तखत हुये कि नहीं।

मैं जब उनके घर पहुँचा तो ताला लगा देख एक बार फिर बड़ी निराशा हुई। एक क्षण रुका और सोचने लगा कि ईश्वर मेरे प्रत्येक कार्य में इतनी रुकावट क्यों डालता है। पुराने चर्च से एक नन स्कर्ट ब्लाउज तथा स्कार्फ में बाहर आयी और पूछने लगी 'क्या तुम रौबिन व्हाईट को देखने आया है। वह गोरखपुर अपनी डॉटर से मिलने को गया है तीन दिन बाद आयेगा।' मैं बिना कुछ बोले मुड़ गया और घर की राह ली।

इधर कई बार मैंने आफिस, चाय की दुकान और उनके घर के चक्कर लगाये और जो कुछ मालूम हुआ, मेरी सहानुभूति उनके साथ हो ली। रौबिन व्हाईट गोरखपुर के रहने वाले थे। दस वर्ष पूर्व उनकी पत्नी उनसे अलग हो गई और नौ साल की लड़की को भी अपने साथ ले गई। रौबिन व्हाईट नितांत अकेले हो गये। कई बार उन्होंने अपनी पत्नी रूबी को मनाने की कोशिश की किन्तु असफल रहे। लेकिन जब लड़की बड़ी हुई तो अपने डैडी को पोस्ट कार्ड लिखकर उनका हालचाल पूछती रहती थी।

रौबिन व्हाईट ने शराब पीना शुरू की और तलब इतनी बढ़ गई कि आफिस की मेजकी दराज में शराब की बोतल एवं नमकीन रखने लगे। आफिसरों ने डांटा, साथियों ने मना किया लेकिन सारे प्रयत्न निष्फल रहे। अपनी इस जिद में वे सबसे अलग हो गये।

आखिर उनसे एक दिन मेरी मुलाकात आफिस में हो गई। उन्होंने पोस्ट आफिस की पासबुक एवं जिला विद्यालय निरीक्षक का स्वीकृत पत्र मुझे दे दिया। मैंने उनके प्रति आभार प्रकट किया। वे 'गॉड ब्लैस यू' कहकर फिर अपनी फाईलों में खो गये।

पोस्ट आफिस से पैसा निकाल कर इलाहाबाद बैंक में पाँच वर्ष के लिये चार सौ रूपया सालाना ब्याज पर जमा कर दिया गया। दिसम्बर का महीना था मेरी अर्द्धवार्षिक परीक्षाऐं

चल रही थी। 22 दिसम्बर को भूगोल का आखिरी पेपर था। मैं रात में उसी के प्रश्नों को दोहरा रहा था। माँ अचानक आ गई और मुझसे कहा कि तीन बाद क्रिसमस है। तुम 24 दिसम्बर को 'हैप्पी क्रिसमस' का कार्ड मि० रौबिन व्हाईट को दे देना और बोल भी देना। इधर माँ की नियुक्ति राजकीय महिला प्रशिक्षण विद्यालय, बांदा में हो गई थी। उन्हें दो सप्ताह के अन्दर वहाँ ज्वाइन करना था। मेरी भी हाईस्कूल बोर्ड की परीक्षा मार्च में थी।

मैंने 24 दिसम्बर को क्रिसमस का एक अच्छा सा कार्ड खरीद कर उसमें सुंदर अक्षरों से 'हैप्पी क्रिसमस' लिखकर, लिफाफा में रखा और एक गुलदस्ते के साथ, पहुँचा तो वहां काफी भीड़ थी। लिफाफा एवं एक गुलदस्ता हाथ में लिये मैं किसी तरह भीड़ को चीरता हुआ पहुँचा तो स्तब्ध रह गया। रौबिन व्हाईट कुर्सी पर बैठे थे उनका सिरमेज पर था और वे चिरनिंद्रा में लीन हो गये थे। जिसने भी आफिस में सुना वह तेजी से रौबिन व्हाईट के कमरे की ओर चल पड़ा। कोई क्लर्क कह रहा था कि गोरखपुर फोन कर दिया जाये... उनकी लड़की को बता दिया जाये आदि-आदि। आफिस में कुछ लोग कानाफूसी कर रहे थे। जिलाविद्यालय निरीक्षक श्री त्रिवेदी कई बार अपने कमर से आ जा रहे थे। बड़े बाबू कह रहे थे कि हम सब दस-दस रूपये चन्दा करके रौबिन को क्रिश्चियन ग्रेवयार्ड में ईसाई परम्परा से दफना दें। श्री त्रिवेदी बोले 'चंदे की जरूरत नहीं है मैंने कैथोलिक चर्च से पादरी को बुलाया है तथा ताबूत का इन्तज़ाम भी कर दिया है। पादरी के नेतृत्व में उन्हें बाईज्जत ईसाई परम्परा के अनुसार दफन कर दिया जायेगा।' रौबिन व्हाईट की अंतिम इच्छा यही थी कि किसी को कोई खबर न की जाये, उन्हें यहीं चर्च के पीछे कब्रिस्तान में दफन कर दिया जाये। ऐसा ही हुआ। आफिस के कर्मचारियों ने उन्हें अंतिम विदाई दी उनके ताबूत के साथ कब्रिस्तान पहुँचे। मैं भी उनमें था। मैंने गुलदस्ता और क्रिसमस कार्ड कपड़ों में लिपटे उनके संज्ञा शून्य शरीर पर रखकर हाथ जोड़ लिये और फुसफुसाया 'मे हिज सोल रेस्ट इन पीस'। और नम आँखें लिये घर लौट आया।

৯৫৫

भीड़ में तन्हा

'प्रकृति के साथ रहो, जीवन की सरिता के साथ बहो। उस सर्वशक्तिमान की व्यवस्था में आस्था रखो। तुम स्वतः ही विकार एवं तनाव से मुक्त होंगे आज के प्रवचन का इसे ही निष्कर्ष समझो। हमारी विचारों की यात्रा आगे भी इसी तरह चलती रहेगी। आज बस इतना ही। हरि ओम-हरिओम।'

इतना कहकर अदुबा उठ गये और शाम की आरती के लिये चल पड़े। आश्रम के मंदिर में नित्य की तरह आरती हुई। तत्पश्चात अदुबा अपने कमरे में विश्राम के लिये चले गये।

लेकिन नींद नहीं आयी। वे सोचते रहे। अपने तख्त से उठे, अपना बैग खोला और फिर वही सफेद लिफाफा निकाल उसमें लिखा पत्र पढ़ने लगे। अदुबा सोचने लगे कि यहाँ का पता और उनके बारे में किसने इन लोगों को बताया। उन्हें लगा कि यह रत्ना की ही लिखाई है। केवल तीन पंक्तियां ही थीं।

'स्वामी जी, हम लोगों से गल्ती हुई है। उसके लिये हम तीनों आप से क्षमा मांगते हैं। इस की अब पुनरावृत्ति नहीं होगी। आप शीघ्र लौट आये।'

लेकिन अदुबा स्वामी को तीन पंक्तियां ही उद्वेलित कर गई। प्रश्न लौटने का नहीं था। प्रश्न उस अतीत को पुनः याद न करने का था जिसे कितने श्रम से विगत तीन वर्षों में कतरा कतरा करके दफन किया था।

गुलजार नगर की शुगर फैक्ट्री का लंच पीरियड चल रहा था। कुछ अपना लंच बाक्स लेकर बाहर निकल आये। जो फैक्ट्री कैम्पस में रहते थे वे दुपहिया वाहनों से घर की ओर तीव्र गति से चल पड़े। लेकिन एडी अपनी कुर्सी पर बैठे फाइलों में कागज लगाकर साहब के दस्तखत के लिये फाइलें तैयार कर रहे थे।

एडी के घर से लंच के लिए दोबार फोन भी आया। एडी ने यह कहकर मना कर दिया वे कैंटीन से दोसा मंगा कर खा लेंगे। इस समय अर्जेन्ट काम में व्यस्त हैं। ई.डी. बार-बार घंटी बजा रहा था। आखिर ई.डी. से नहीं रहा गया वह अपने कमरे से एडी की सीट पर आ खड़े हुये। वे सहज होकर बोले-

'अरे-एडी तुम फाइलों पर दस्तखत करवा लो, मुझे दोपहर बाद लखनऊ के लिये निकलना है।'

भीड़ में तन्हा

'सर, सब तैयार है। बस दो मिनट और दीजिये' यह कहकर एडी फाइलों को क्रम वार रखने लगा। उसने तत्काल फाइलों को खोल-2 कर साहब से कई जगह दस्तखत कराये। तुरन्त बाद ई.डी. लखनऊ के लिए निकल गये। एडी ने कैंटीन के नौकर से दोसा लाने को कहा और एक सिगरेट सुलगा ली। कई चपरासी एडी से छुट्टी लेकर बाहर चले गये। थोड़ी देर बाद सभी चपरासी लान में एक गोल बनाये गपशप करने लगे। कुछ ने बीड़ी सुलगा ली, कुछ खैनी ठोंकने लगे।

फैक्ट्री राज्य सरकार की थी उसकी एक युनिट चीनी बनाती थी, दूसरी यूनिट मोलासिस प्रोसेस करके हसरतपुर की शराब फैक्ट्री को बेच देती थी। शुरू में फैक्ट्री ने अच्छा मुनाफा दिया। लेकिन फिर अफसरों की छीना झपटी से फैक्ट्री घाटे में आ गयी। लेकिन पिछले पंद्रह सालों से फैक्ट्री में एक शख़्स का इतना बोलबाला रहा कि उसके बिना एक पत्ता भी नहीं हिलता था। वह व्यक्ति थ अजय दुबे-पी.ए.टु. इक्जीक्यूटिव डायरेक्टर। अजय दुबे एडी बन गये और एडी और ईडी दोनों मिलकर फैक्ट्री चलाते थे। अजय दुबे उर्फ एडी एक बार जब घर लौट आते थे-फिर दुबारा किसी भी आफिस के काम को नहीं छूते थे। शाम को अपने प्राइवेट बार में बैठकर दो-तीन पैग जरूर लेते और तनाव तथा थकान से मुक्त हो जाते।

इ.डी. अक्सर पी.सी.एस अधिकारी ही बनाये जाते थे। लेकिन 'अंडर दि टेबिल' का सारा काम उनके पी०ए० ही करते थे। स्क्रैप का टेंडर किसका पास होना है, पेड़ों की लकड़ी किसको बेचना है, सैकड़ों मन कबाड़ कैसे डिस्पोज आफ करना है-यह सब एडी के जिम्मे ही था। ठेकेदारों के साथ शाम को एडी किसी होटल में बैठकर सब निर्णय ले लेते थे। हाँ एडी किसी से रिश्वत या कमीशन के रूप में पैसा कभी नहीं लेते थे। इसीलिये जितने भी डायरेक्टर आते थे उनके मुरीद हो जाते थे। हाँ-परफ्यूम, वैट स्क्रिस्टी नाईन, कैमरा, सफारीसूट, साड़ी आदि लोग जबरदस्ती एडी के घर किसी न किसी बहाने से पहुंचा देते थे।

घर के काम से उन्हें कोई वास्ता नहीं था। हाँ रविवार को शॉपिंग का काम वे ही करते थे। अन्य सारी जिम्मेदारियां रत्ना के हिस्से में आती थी। इनके दो लड़कियां-आभा और शोभा थी उनकी पढ़ाई लिखाई से लेकर सभी अन्य जरूरतों को पूरा करना रत्ना की जिम्मेदारी था।

अदुबा चार बजे प्रतिदिन की तरह उठ गये। नित्य कर्म

से मुक्त होकर आश्रम के मंदिर पहुंच कर स्वयं सम्पूर्ण सफाई में जुट गये। फिर स्नानध्यान, पूजा, अर्चना एवं आरती की तैयारी करने लगे। इसी बीच प्रातः 6 बजे उन्होंने सेठ प्रभाकर जी को फोन किया कि आज सांय वे आश्रम छोड़कर जाना चाहते हैं। प्रभाकर जी अचरज में पड़ गये और पूछ बैठे :

'ऐसी क्या त्रुटि हो गयी आदुबाबा। आप के बिना ये आश्रम कौन देखेगा। आपने मुझसे वादा ...' अदुबा ने फोन काट दिया और अपने कार्य में लग गये। थोड़ी देर में सेठ प्रभाकर जी की कार आश्रम के बाहर खड़ी थी। आनन-फानन में यह समाचार कि अदुबा आश्रम छोड़कर जा रहे हैं, जंगल में आग की तरह फैल गया। उनके भक्त एवं अनुयायियों की भीड़ इकट्ठा होने लगी। अदुबा भी अपने इरादों को लेकर संशक्ति होने लगे। सेठ प्रभाकर अदु बाबा को अपने कमरे में ले गये। जब बंद कमरे में आधा घंटे बात करने के बाद सेठ प्रभाकर निकले, उनके चहरे पर चिंता के निशान साफ दिख रहे थे। कुछ क्षण अपने को नियंत्रित करने के बाद वे बोले-'अदुबा जायेंगे तो अवश्य, लेकिन वापसी भी होगी।' इसके बाद सेठ कार में बैठे ओर अपनी कोठी वापस लौट गये।

फैक्ट्री धीरे-2 घाटे में चली गयी। प्रोडक्शन बंद हो गया तथा कर्मचारियों की छंटनी की प्रकिया शुरू हो गयी। बहुत से लोगों ने वी०आर०एस० स्कीम के तहत रिटायरमैंट ले लिया। पहली बार एडी को सोचना पड़ा-क्या करें। लोग उनके मशविरा किया करते थे, अब एडी दूसरों से मशविरा कर रहे थे। अभी पांच वर्ष की नौकरी शेष थी। अन्तोत गत्चा लखनऊ में अपने पुश्तैनी घर में रहने का फैसला किया। दस-पन्द्रह लाख रूपये लेकर वे नौकरी से मुक्त हो गये।

लखनऊ आने पर एक-दो साल अच्छे बीते। लड़कियां बी०एस०सी० पूरा करके कम्पटीशन में बैठने लगी। एडी ने कई पुराने परिचित अफसरों से किसी प्राइवेट कम्पनी में नौकरी के लिये सिफारिश करने को कहा। लेकिन उनके मनमाफिक उन्हें नौकरी मिली नहीं। वे दिन भर घर में हिन्दी अखबार पढ़ा करते और पान मसाला खाया करते थे। घर में उनकी तवज्जो कम होने लगी। एक समय आया कि घर में उन्हें निकम्मा समझा जाने लगा। अब आभा और शोभा भी कहने लगी-

'पापा हमें आपको किसी से इन्ट्रोड्यूस कराते शर्म आती है। किसी के पापा प्रमोट होकर हाईकोर्ट में जज बन गये है-कोई दुबई जा रहा है-कोई नया बिजनेस लान्च कर रहा है।

आप कुछ करते ही नहीं।'

इस तरह की बातचीत जो धीरे-2 होती थी, अब वह खुलकर होने लगी। एक दिन तो हद हो गई। किसी त्योहार में रत्ना ने सुंदर सी साड़ी पहनी और शानदार गैट-अप में पूजा करके आयी। तो एडी से रहा नहीं गया उसने दोनों हाथों को उसके कंधे पर रख उसकी ओर देखते हुये कहा 'आज तो तुम गजब ढा रही हो।' रत्ना ने उन्हें झिटकते हुये कहा 'आप दूर रहें, आपके शरीर से बास आ रही है।'

एडी ने घर पर रहना कम कर दिया। कभी-2 थोड़ी बहुत सस्ती शराब भी पी लेते थे। अचानक उन्होंने फैसला किया कि वे लखनऊ शहर अपना घर एवं परिवार हमेशा के लिये छोड़ देगें। एक शाम इलाहाबाद-हरिद्वार एक्सप्रैस में बैठ एक बैग में कुछ कपड़े एवं कुछ सौ रूपये लेकर, वे एक नयी जीवन यात्रा पर निकल पड़े।

भारत भारती आश्रम में सुबह से ही भीड़ थी और धीरे-2 बढ़ रही थी। आश्रम वासी यह समझ गये थे अदुबाबा अब यहाँ नहीं रहेंगे। अदुबा ने घोषित कर दिया के सांय पांच बजे वह ऋषिकेश से हरिद्वार अकेले आटो से निकल जायेंगे। समय की रफ्तार कोई पकड़ नहीं सकता। पांच बजे एक आटो बुलाया गया एक छोटा बैग लेकर अदुबा आटो में बैठ गये। श्वेत धवल वस्त्रों में छोटी-2 दाढ़ी रखे अदुबा एक पहुँचे हुये योगी एवं साधक लग रहे थे। पैर छूने वालों की होड़ लगी थी। अदुबा ने सभी को सस्नेह आशीर्वाद दिया और आटो चालक से आगे चलने को कहा।

अदुबा एक बार फिर जीवन के दोराहे पर थे। आज से साढ़े तीन वर्ष पूर्व अजय दुबे उर्फ एडी एक पुरानी जीन्स और टी-शर्ट पहने भारत भारती आश्रम की एक बैंच पर बैठे थे। दोपहर का समय था आश्रम में लंगर चल रहा था। धोती-कुर्ता पहने एक सुदर्शन व्यक्ति ने उनसे लंगर में भोजन करने का आग्रह किया। जिसे अजय दुबे इंकार न कर सके। सांय फिर वही व्यक्ति आया। अजय दुबे ने उनसे पूछा 'क्या वह आश्रम में रह सकता है?' वह व्यक्ति तैयार हो गये। अजय ने कहा कि वह मंदिर की सफाई तथा आश्रम का सैक्टेरियल वर्क कर सकता है। उसे रहने और आश्रम का कार्य करने की अनुमति मिल गयी। धोती कुर्ता वाले व्यक्ति उस आश्रम के संरक्षक सेठ प्रभाकर थे। एडी ने अपनी पोशाक अपने आचरण ओर विचार पूरी तौर से बदल लिये और अदुबा के नाम से वे विख्यात हो गये।

आभा एवं शोभा सो रही थी। रत्ना चाय नाश्ता बना रही थी। सुबह के नौ बजे थे। तभी दरवाजा खटखटाने की आवाज आयी। 'रत्ना भाभी, रत्ना भाभी'। 'आ रही हूँ' यह कहकर रत्ना ने दरवाजा खोला। समीर उनके ही मुहल्ले का एक युवक खड़ा था। 'भाभी एक बहुत एक्साइटिंग न्यूज है। मैं कल हरिद्वार से लौटा हूँ। दुबे जी को मैंने अपने आंखों से आश्रम में प्रवचन करते सुना। वे हरिद्वार में है।' आभा और शोभा नींद से अचानक उठ पड़ी। चादर तकिया फेंक कर वे ड्राईंगरूम में आ गई।

रत्ना चाय एवं मिठाई समीर के लिये लायी। फिर चारों एक गुफ्तगू में लग गये। यह निर्णय लिया गया कि तीनों बिना बताये हरिद्वार जायेंगे। लेकिन रत्ना से रहा नहीं गया उसने बताये गये पते पर एक आग्रह के साथ अजय दुबे को एक पत्र पोस्ट कर दिया। तीनों ने तैयारी शुरू कर दी। घर के मंदिर के पास एक स्टोर को खाली करके पेंट कर दी गई। तीनों ने एक दूसरे से वादा किया उनके आने के बाद कोई एक शब्द उनके खिलाफ नहीं बोलेगा।

अदुबा ने दिल्ली से कन्याकुमारी वाली मेल ट्रेन का टिकट ले लिया। लेकिन कोहरे के कारण ट्रेन छः घंटे लेट थी। अदुबा ने एक गर्म शाल लपेट लिया तथा बैंच पर बैठकर विचार मग्न में हो गये। बीच-2 में वे एकाध झपकी भी ले लेते थे। उन्हें लगा कि अब गृहस्थ के कीचड़ में लौटने का कोई मतलब नहीं था। उन्हें विश्वास था कि कहीं भी जायेंगे परमात्मा उनकी व्यवस्था अवश्य करेगा। ऊषाकाल होने को था। गाड़ी प्लेटफार्म नं० 2 पर पहुंचने की सूचना मिली है'–इस तरह का एनाउसमेट हो रहा था। गाड़ी भी आ गई। सर्दी का मौसम था भीड़ कुछ कम थी। अदुबा सेकेन्ड क्लास के डिब्बे में बैठ गये। गाड़ी दस मिनट रुकती थी। तभी वाराणसी हरिद्वार एक्सप्रेस भी प्लेटफार्म नं० 4 पर रुकी। रत्ना आभा एवं शोभा प्लेटफार्म पर दो बैग लेकर उतरी। तभी इंजन ने सीटी दी। दिल्ली कन्याकुमारी मेल झक–झक करते हुये चल पड़ी। कुछ ही पलों में सब कुछ पीछे छूट गया था। एक ट्रेन चल चुकी थी, एक पहुँची थी। एक माया से विरक्त हो चुका था, दूसरा माया के पीछे भाग रहा था। यही विधि की विडंम्बना है।

৶৹৻

श्रद्धांजलि

मरीज को आपरेशन थियेटर से जनरल वार्ड में शिफ्ट कर दिया गया था। उसका एक माइनर आपरेशन पिछली शाम हुआ था। किन्तु उसे अभी भी कुछ दर्द एवं बेचैनी महसूस हो रही थी। डाक्टर ने दर्द के लिये एक इन्जेक्शन दिया था किन्तु असर कुछ समय बाद समाप्त हो गया। मरीज फिर दर्द से बेहाल था। उसके घर वाले बार-बार नर्स से कह आते थे। इसी बीच मरीज बुदबुदाया डाक्टर श्रीभाई को बुलाओ। शायद उनकी दवा से आराम मिले। अस्पताल में कोई डाक्टर श्रीभाई को नहीं जानता था। तभी उसके घर वालों ने बताया कि डाक्टर श्रीभाई कस्बे के एक होम्योपैथ थे। सरकारी अस्पताल था-न डाक्टर न नर्स को-मरीज की कोई फिक्र थी। होम्योपैथ का नाम सुनकर डाक्टर हँसे थे। मरीज दोपहर तक बार-बार दर्द से कराह रहा था। हिलना डुलना तथा करवट लेना मना कर दिया गया था।

शाम होते-होते अस्पताल के जनरल वार्ड के सामने रिक्शा रुका तथा काला चश्मा पहने लम्बी कमीज पैजामे तथा चप्पल पहने एक शख़्स रिक्शे से उतरा। उसके हाथ में एक काला बैग था। उसके पीछे एक आदमी साइकिल से उतरा। साइकिल रक्खी तथा उस शख़्स को जनरल वार्ड में हाकिम सिंह के बैड के पास ले गया और उसके आपरेशन तथा दर्द के बारे में जानकारी दी। उस काले चश्में वाले व्यक्ति ने हाकिम सिंह से कुछ पूछा तथा अपना काला बैग खोलकर शीशियों से कुछ दवायें निकाल कर छह कागज की पुड़िया बनाई और उसमें से एक खुराक अपने सामने मरीज को खिलाकर, आगे की दवा 2-2 घंटे बाद खिलाने की ताकीद करके वार्ड से बाहर निकल आये। उसी समय सरकारी डाक्टर शाम के राउन्ड पर जनरल वार्ड में दाखिल हुये। घर वालों ने बताया कि जो अभी-अभी गये हैं वे ही डाक्टर श्रीभाई होम्योपैथ थे। दो घंटे में ही दर्द कम हो गया तथा सुबह होते-होते मरीज हाकिम सिंह अपने को सामान्य महसूस करने लगा। ऐसे थे डाक्टर श्रीभाई। सरकारी डाक्टर भी यह देख सुनकर हैरत में पड़ गये।

केवटपुर कस्बे में डाक्टर श्रीभाई के बहुत से किस्से मशहूर थे। जैसे फलाँफलाँ की किडनी से 12 मि०मी० का पत्थर होम्योपैथी की दवा से गला दिया। फलाँ-फलाँ का कैन्सर 2 महीने में ठीक कर दिया। रात बिरात कस्बे के लोग श्रीभाई से दवा ले जाते थे। उन्हें आराम मिलता था और वे ठीक हो जाते

थे। श्रीभाई को भी इस बात का इल्म था। एक बार वे नगर पालिका के चेयरमैन का चुनाव लड़ गये। उन्हें उम्मीद थी कि वे काफी अन्तर से जीतेंगे। लेकिन वे पाँच वोट से चुनाव हार गये। तब से उन्होंने राजनीति को हमेशा-हमेशा के लिए अलविदा कह दिया। ऐसा नहीं कि श्रीभाई कोई बहुत आदर्श पुरूष थे। कई पुराने लोग ऐसे भी थे जो न कि उनके अतीत को उनकी कई पुश्तों को भी अच्छी तरह से जानते थे। यही कारण था कि वो चुनाव हार गये। उनके व्यक्तित्व की हर चीज नायाब थी। अच्छे कपड़े, स्वादिष्ट चाट तथा पाँच सौ पचपन सिगरेट उनकी कमजोरी थी। हाथ में हीरे की अंगूटी गले में सोने की चैन तथा आँखों में काला चश्मा उनके व्यक्तित्व के स्थायी अंग थे। लोगों से बात करने का उनका अंदाज बड़ा निराला था। नया आदमी तो एक दम सकते में आ जाता था। 'शिक्षा मंत्री वर्मा जी मेरे बाप के पास मुकदमें माँगने आया करते थे। आज गाड़ी-घोड़ा और दरबान है, एक समय था कि मूँगफली और रिक्शे के लिये वर्मा जी की जेब में पैसे नहीं होते थे और पं० केशव प्रसाद शर्मा, कमिश्नरी के नामी वकील। और मेरे बाबा अंग्रेजी हुकूमत में पब्लिशर थे। कुछ तो उनके जीन्स का मुझपर भी असर होगा।' श्रीभाई अक्सर ऐसे भारी भरकम शब्दों की झड़ी लगा देते थे। श्रोता न केवल हतप्रभ बल्कि डिफेंसिव हो जाता था।

उनका एक गहरा रिश्ता मुझसे भी था। मुझे ऐसा लगता था कि उन्हें मुझसे कुछ ईष्या थी या यूँ कहें कि उनको मुझसे जलन रहती थी। जब भी मेरा रिजल्ट निकलता था वे पूछते अब आगे क्या करोगे। बाद में पूछने लगे कितने की नौकरी मिलेगी वगैरह-वगैरह! स्थितियाँ कुछ ऐसी बिगड़ी कि मुझे उनके खिलाफ पुलिस में शिकायत दर्ज करनी पड़ी थी। जब मेरे तथा श्रीभाई के पिताश्री समय से पहले गुजर गये और मैं और वो आमने-सामने हो गये।

पं० केशव प्रसाद का दबदबा पूरे इलाके में इतना था कि अंग्रेजी हुकूमत में अंग्रेजों की दावतों में उनको आमंत्रित किया जाता था। हजारों रूपये उन्होंने कमाये तथा जमीन जायदाद खड़ी की। लोगों ने उनका नाम बैरिस्टर रख दिया था। लेकिन एक जगह वो चूक गये। अपने एक मात्र पुत्र श्रीभाई के साथ दो दुर्घटनाएं हो गई। जब श्रीभाई तीन वर्ष के थे तो एक दवा गलती से उनकी आँख में डाल दी जिससे उनकी एक आँख की रोशनी हमेशा के लिए चली गई। दूसरी दुर्घटना में किसी का भी हाथ न था। श्रीभाई से सरस्वती भी रूठ गई। पं० केशव प्रसाद के लाख प्रयत्न करने पर भी वे श्रीभाई हाईस्कूल पास

न कर सके। हर विषय का अध्यापक उन्हें ट्यूशन पढ़ाने आता था। फिर भी चार वर्ष लगातार परीक्षा दी लेकिन अखबार में जब रिजल्ट निकलता उनका नाम पास वालों की लिस्ट में कभी नहीं आया। गुस्से में वे घर से एक बार बम्बई बम्बई भाग गये। लौटे तो बैरिस्टर साहब बहुत नाराज हुये। घर वालों के कहने पर उन्हें व्यापार में लगाया-लेकिन एक के बाद एक-सारे उपाय निष्फल हो गये। इसी सदमें में बैरिस्टर साहब को दिल का दौरा पड़ा, वे चल बसे।

प्रेमचंद की कहानी 'बड़े भाई साहब' जहाँ से खत्म होती है, श्रीभाई की कहानी वहाँ से शुरू होती है। ये सारी घटनायें जब हुईं, मैं पाँच-छ वर्ष का था। इस घटनाक्रम में बहुत सारी घटनायें, घर-बाहर के दूसरे लोगों से मुझे मालूम हुईं। मेरी पढ़ाई का क्रम भी काफी लम्बा रहा। मेरे पिता जी भी, जब मैं बारह वर्ष का था, गुजर गये। लेकिन पढ़ाई इलाहाबाद से शुरू होकर इलाहाबाद में ही खत्म हो गई। आज से चालीस साल पहले मैं देहरादून के एक पी०जी० कालेज में प्रवक्ता हो गया। केवटपुर में प्रोफेसर के नाम से एक नई पहचान बनवाई। श्रीभाई जहाँ जाते वहाँ यदि मेरा कोई जिक्र आता तो तपाक से कहते 'वह बहुत बड़ा प्रोफेसर हो गया है। उसने घर का नाम रौशन कर दिया है।'

श्रीभाई के जीवन में इतने उतार चढ़ाव रहे कि उनको याद रखना मुश्किल है। बैरिस्टर साहब मृत्यु से पूर्व श्रीभाई की शादी एक कम-पढ़ी लिखी लड़की से कर गये। जिसने रही सही कसर भी पूरी हो गई। धीरे-धीरे उनके चार बच्चे हो गये। परिवार चलाने के लिये पहले तो जमा रकम को बेदर्दी से खूब उलींचा, फिर एक-एक करके मकान-दुकान, बाग बगीचे बेचने का क्रम शुरू हो गया। लेकिन तभी एक ऐसी घटना घटी जिसने श्रीभाई के जीवन को नया मोड़ दे दिया।

एक शाम डी०एन० साहनी श्रीभाई के घर शाम को आ पहुँचे। श्रीभाई ने उन्हें अभिवादन किया और पूछ ही लिया कि अचानक आपने तकलीफ क्यों की ? साहनी लगभग सत्तर वर्ष के जरूर होंगे और बरिस्टर साहब के पुराने मिलने वालों में एक। जिला जज के यहाँ स्टैनों के पद से रिटायर हुये लगभग दस वर्ष हो चुके थे। तत्पश्चात, रामकृष्ण ट्रस्ट के होम्यो चैरिटी क्लीनिक में होम्यो पैथ के रूप में बैठने लगे। होम्योपैथी में पकड़ अच्छी थी हाथ में ऐसा करिश्मा था-लोगों का हुजूम लगा रहता था। 'साहनी श्रीभाई से बोले तुम यों ही खाली बैठे रहते हो,

हमारे साथ क्लीनिक में सुबह चार घंटे का समय दो। मन भी लगेगा और समय भी अच्छी तरह कट जायेगा। ज्यादा तो नहीं हाँ ट्रस्ट से तीन सौ रूपये माहवार दिलवा देंगे।' श्रीभाई न नहीं कर सके। अगले दिन से वे नित्य क्लीनिक पहुँच जाते। साहनी साहब ने मदर टिंचर, गोली, पावडर तथा पुड़िया बनाने का ढंग समझा दिया। कुछ महीनों में श्रीभाई काफी पारंगत हो गये।

विधि की विडम्बना-साहनी साहब दो वर्ष बाद अचानक चल बसे और क्लीनिक का कार्यभार और दायित्व श्रीभाई के कंधों पर आ पड़ा। श्रीभाई अपनी सूझबूझ और परिश्रम से कस्बे के सबसे प्रसिद्ध होम्योपैथ के रूप में आने-जाने लगे। अब कस्बे में लोग उन्हें डाक्टर श्रीभाई के नाम से पुकारते। अब उनका कद और रुतबा बढ़ गया था। दूर-दूर से लोग आते तथा दवा लेकर चले जाते। एक बार जब मैं देहरादून से केवटपुर ट्रेन से पहुँचा तथा रिक्शे पर बैठकर फलां फलां मोहल्ले तथा गली का नाम बताया, रिक्शे वाला बोला 'क्या आपका घर डा० श्रीभाई के सामने है ?' मैं पहली बार उनकी लोकप्रियता से हतप्रभ रह गया।

इधर महाराष्ट्र के अमरकंटक में एक तीन दिवसीय आंल इण्डिया इंगलिश टीचर्स कांफ्रेस में हिस्सा लेने आया था। 'इंडियन डायस्पोरा' पर एक शोधपत्र प्रस्तुत करना था। तभी मोबाईल फोन बजा-सुना तो अवाक रह गया पापा नहीं रहे। आप कब आ रहे हैं। श्रीभाई के लड़के पप्पू का फोन था। मैं किसी भी दशा में वहाँ अंतिम संस्कार में शामिल नहीं हो सकता था। अमरकंटक से मुम्बई तथा फ्लाईट से लखनऊ-और फिर टैक्सी से केवटपुर-कम से कम दो दिन का फासला था। जब मेरी माँ गुजरी, श्रीभाई सपत्नीक तेरह दिन हमारे यहां रहे थे आज मैं उनके अंतिम दर्शन नहीं कर सका। ईश्वर ने प्रत्येक को कोई न कोई हुनर दिया है उनमें भी कुछ न कुछ था। जीवन के उत्तरार्ध में उन्होंने लोगों की सेवा की तथा न जाने कितनों की जान बचाई। श्रीभाई को मैं भी भाई जी कहता था। मेरी आँखों से टप-टप आँसू गिर रहे थे। मैं एक बार फिर किंकचव्यिविमूढ़ सा अजनबियों की बीच खड़ा था।

यह श्रीभाई की जीवन गाथा नहीं, मेरी उनको विनम्र श्रद्धांजलि हैं।

৯৩৫

थोड़ी सी दोस्ती

वह रहता कहीं मेरे पड़ोस में ही था। मैंने बाजार आते-जाते, रास्ते में नुक्कड़ या किसी दुकान पर उसे अक्सर देखा था। संभवतः इसका कारण उसकी गहरे रगों की टी-शर्ट तथा बैठी हुई भरभराती आवाज थी। लेकिन वह अकस्मात और अनायास मेरे घर आ धमकेगा, इसकी आशा कभी नहीं थी।

'भाई साहब, आप से मिलने की बड़ी इच्छा थी इसलिये मैं बिना किसी औपचारिकता के चला ही आया। मैंने आपको डिस्टर्ब तो नहीं किया। मैं आपका निकट का पड़ोसी अजेय विश्वास' ! यह कहकर वह अधखुले दरवाजे से ड्रांईगरूम में दाखिल हो गया। मैं बड़े असमंजस में था कि क्या कहूँ या कहाँ से शुरू करूँ। तभी वह फिर बोल पड़ा 'आप जैसे बुद्धि जीवी से मिलना मेरे लिये सौभाग्य की बात होगी'। मैंने उसकी बात काटते हुये कहा।' 'ऐसी कोई बात नहीं हैं। यह आज एक इत्तिफाक है कि आज आपसे मुलाकात हो गई और यह भी इत्तिफाक ही था, इससे पहले आप से मुलाकात नहीं हो सकी।' इतना उसके लिये काफी बड़ा सहारा था। उसने सोफे पर आसन ग्रहण कर लिया फिर मैं केवल मूक श्रोता की तरह उसे सुनता रहा।

अजेय विश्वास एक इन्शोयरैन्स कम्पनी में विकास अधिकारी थे। नान-स्टाप बोलने की उनकी आदत थी। दसरों को बोलने का अवसर कम देते थे। आप यह समझें कि वह अपने क्लाइन्टेज बढ़ाने की जुगत में रहते हों-तो यह समझना ठीक नहीं होगा। बतौर उदाहरण वह यह कहते अक्सर सुने जा सकते थे कि शुक्ला जी की लड़की की शादी नहीं हो रही थी। वे बहुत परेशान थे। मैंने उनको ऐसा प्रपोजल दिया कि दो हफ्ते में शादी तय हो गयी और तीन महीने में शादी'। फिर 'आपके पड़ोसी एजाज साहब को यह फ्लैट मैंने ही दिलाया'। वगैरह वगैरह। उनका शौक अपने परिचितों का दायरा बढ़ाने का था। संभवतः दूसरों को 'इम्प्रैस' करने का था।

मेरा उससे दूर-2 का भी कोई वास्ता न था। मेरी रूचि, क्षेत्र, मित्रमंडली आदि से वह काफी दूर था। मैं अपनी तरफ से उसे कोई लिफ्ट नहीं देता था। लेकिन मुझे यदि कहीं दूर से भी देख लेता तो मेरे निकट आ जाता। और बात यूँ करता मानो मुझसे अजीज उसके लिये कोई नहीं था। उस पल मैं चाहकर भी उससे पल्ला नहीं झाड़ पाता। दिसम्बर का आखिरी सप्ताह

था, सर्दियाँ कड़ाके की पड़नी शुरू हो गई थी। कॉल-बैल बजी। सुबह का वक्त था-मैं कालेज जाने की तैयारी कर रहा था। मैंने नौकर से कहा 'वह देखे कि कौन है और कह दे कि साहब इस समय नहीं मिलेंगे।' थोड़ी देर में नौकर ने एक पैकेट मेरे हाथ में देकर कहा 'विश्वास साहब आपके लिये ये दे गये हैं।' मैंने उसी से कहा 'खोलो इसमें क्या है।' पैकेट में नये वर्ष का कलेंडर डायरी एवं पैन था।

साल का पहला कलेंडर था मैंने स्टडीरूम में टाँग दिया कभी-2 यह सोचता कि अजेय विश्वास इतनी आत्मियता क्यों दिखाता है। उसके पीछे उसका मन्तव्य क्या है। पत्नी आदि भी मुझे उससे सतर्क रहने को कहती। लेकिन मैंने उससे मिलने की इच्छा पहले कभी नहीं की। न ही मेरी ऐसी कोई इच्छा थी। लेकिन छोटे शहर में रहने के कई फायदे हैं तो नुकसान भी कई। सभी चीजें एक छोटे सर्किल में घूमती है।

मित्र की लड़की की शादी थी। मेरे कालेज के मित्र थे सपत्नीक निमंत्रण देने आये थे विनम्र आग्रह भी कर गये थे। जीवन में ऐसी बहुत सी औपचारिकतायें है जो चाहे अनचाहे आपको करनी ही पड़ती है। हम दोनों एवन क्लब पहुँचे जहाँ विवाहोत्सव का आयोजन था। कई सहयोगी मिल गये, उनकी पत्नियाँ भी थी। एलीट कम्पनी की आशा कम ही रहती है। आपस में बातचीत का सिलसिला शुरू हुआ। कभी कोई वेटर काफी, कभी स्नैक्स लेकर आ जाता। लगभग आधा घंटा ही गुजरा होगा। अचानक वह आ गया। वही अजेय विश्वास। 'भाई साहब शत्-शत् नमन। काफी दिनों बाद मुलाकात हो रही है।' फिर बातों का दौर जो शुरू हुआ तो एक-एक डेढ़ घंटे चलाता रहा। मँहगाई की दर दस प्रतिशत हो गई है। सैनसैक्स अट्ठारह हजार से नीचे है। प्याज और टमाटर दिल्ली में सौ रूपये किलो बिक रहे हैं आदि-आदि।

इसी बीच बारात आ गई अन्यथा बातों का सिलसिला और चलता। बारात की अगवानी में हम सब लोग आगे पहुँच कर खड़े हो गये। इस बीच हम लोग अजेय विश्वास से अलग हो गये। कुछ स्टेज की तरफ, जहाँ जयमाल होना था वहाँ पहुँचे। कुछ रात्रि भोज की तरफ। घर वापस आते-आते रात्रि के ग्यारह बज गये। अगले दिन कालेज में अजेय विश्वास को लेकर फिर चर्चा हुई। सारांश यह रहा-'विश्वास भेजा फ्राई एक्सपर्ट है'।

जैसा मैंने पहले ही जिक्र किया कि छोटे शहर का सर्किल बहुत छोटा होता है। जहाँ से चलो थोड़ी देर बाद वहीं लौटकर

आ जाते हैं। एक दिन स्टेट बैंक से निकल रहा था कि उससे फिर मुलाकात हो गई। न चाहते हुये भी। ग्राउन्ड फ्लोर पर बैंक था तथा फर्स्ट फ्लोर पर इंश्योरेंस कम्पनी का दफ्तर। मैं निकल रहा था वह दाखिल हो रहा था। बस उसने पकड़ ही लिया। 'अरे भाई साहब मेरा प्रणाम स्वीकार करें', विश्वास ने यह कहते हुये मेरा हाथ थाम लिया। मुझे उसके आग्रह और प्लीज के आगे झुकने पड़ा और उसके केविन में जा पहुँचा। उसने तुरन्त चपरासी से कॉफी लाने को कहा। मैं जितनी देर बैठा मेरी प्रशंसा के पुल बाँधे रहा। इसी बीच उसका एक क्लाइन्ट आ गया। मुझसे 2 मिनट का एक्सक्यूज माँग कर समझाने लगा। 'देखिये भाई साहब, यह टेबिल पच्हत्तर है। पाँच-2 वर्षों में भुगतान होता रहेगा और आखिरी भुगतान में पचास हजार रूपये और बोनस। पिछली बार लड़की की शादी में मदद मिल गई थी। इस बार लड़के को चमचमाती मोटर साइकिल दिलाइयेगा।'

यह कहकर वह खिलखिलाने लगा। उसके पालिसी होल्डर के चेहरे में भी चमक आ गई। इस घटना के बाद उससे मुलाकात हुये एक अरसा गुजर गया। लेकिन वह दिखायी नहीं दिया। दिमाग में बात आयी और गुम हो गई।

एक दिन स्टेट बैंक से लौट रहा था कि अचानक उसकी याद आ गई। मैं एक पल रुका फिर इंश्योरेंस कम्पनी की सीढ़ी की और मुड़ गया। मैं मन ही मन सोच रहा था कि आज उसे सरपराईज दूँगा। दफ्तर पहुँच कर देखा कि वह अपनी सीट पर नहीं था और केबिन खाली था। नेमप्लेट बदस्तूर लगी थी। मैंने जानकारी के लिये इधर उधर नजर घुमाई किंतु कोई परिचित चेहरा नहीं दिखा। मैं जैसे ही जाने को हुआ कि तेज कदमों से एक अटैन्डैन्ट आया। क्या विश्वास साहब को देख रहे हैं ? वह बोला। मेरे हाँ कहने पर उसने जो उत्तर दिया, उसने मुझे स्तब्ध कर दिया। 'वे बहुत बीमार हैं- इलाज के लिये बम्बई गये हैं।' उम्र कोई ज्यादा नहीं थी और बम्बई जाने का मतलब एक ही हो सकता था। मैंने आगे कुछ नहीं पूछा।

विश्वास मेरे पड़ोसी जरूर थे किन्तु मैं उसके घर कभी नहीं गया था। जैसे-2 दिन बढ़ रहे थे मेरी जिज्ञासा बढ़ती जा रही थी। उसको क्या हो गया-ऐसी कौन सी गंभीर बीमारी थी कि उसे बम्बई जाना पड़ा। जिज्ञासा बहुत थी किन्तु कोई सूत्र नहीं था। कभी-2 मेरे मन में यह विचार आने लगा कि क्या मैं बहुत बड़ा इगोस्ट हूँ या बहुत बड़ा 'हाई ब्रो'। मुझे लगा कि उसको लेकर मेरी तकलीफ बढ़ती जा रही है। अचानक मैंने

अपने सहयोगी डा० पाण्डेय से पूछा 'क्या अजेय विश्वास के बारे में कोई जानकारी है-सुना है वह बहुत बीमार है।' डा० पाण्डेय ने ऊपर से नीचे तक मुझे अविश्वास से देखा फिर संक्षिप्त उत्तर में बताया 'ही इज सफरिंग फ्राम लिवर कैंसर।' मैंने पूछा 'क्या वह....'।

'नहीं-2 वह शराब आदि छूते तक नहीं थे। कोई नशा नहीं करते थे। यहाँ तक पान या मसाला भी नहीं।' पांडेय ने मेरी बात काटते हुये स्पष्ट किया।

मैं यह सब सुनकर अवाक, हतप्रभ तथा सन्न रह गया। लगता था जैसे मुझे कुछ हो रहा था। पहली बार मैंने उसकी कमी को महसूस किया। वह मेरा कोई नहीं था-कोई निकटता भी नहीं थी। लेकिन मुझे कहीं कुछ टीस रहा था। न जाने क्यूँ।

समय चक्र की गति बहुत तेज है। आप को लगता है कि आप वही हैं किन्तु स्थितियाँ बदल जाती हैं। कुछ सप्ताह और बीते। नया साल भी आ गया। एक दिन मोबाईल पर उसका फोन आया जिसकी मैंने कल्पना भी नहीं की थी। अजेय विश्वास का।

'भाई साहब प्रणाम। आज ही बम्बई से लौटा हूँ। स्वास्थ्य बहुत ठीक नहीं है। आपको तो सब मालूम हो ही गया होगा। मैंने उसके आफर को स्वीकार कर लिया है और भाई साहब जाना तो सभी को है-किसी को जल्दी तो किसी को देर में। मैं लेशमात्र भी दुखी नहीं हूँ। लेकिन मेरे चारों ओर लोग दुखी हैं।'

मैंने उसकी बात बीच में काटते हुये कहा, 'आज कोई भी रोग असाधारण नहीं है। यू विल गैट बैल सून। हैव ए पोजिटिव एप्रौच।'

'भाई साहब मैं रहूँ न रहूँ आपका आशीर्वाद मेरे साथ है और रहेगा।' विश्वास प्रत्युत्तर में बोला।

मैंने कहा 'आपको आराम की जरूरत है। नेगेटिव सोच न रखें तो बेहतर होगा' बातों का यह संक्षिप्त सिलसिला यही समाप्त हो गया। लेकिन मैं सोचता रहा कि मैं उसके घर जाकर उसे देख आऊँ।

कुछ लोग जिन्दगी में काफी ऊहापोह में रहते हैं। ऐसा करूँ या न करूँ वहाँ जाऊँ या न जाऊँ आदि-2 इसका औचित्य है कि नहीं। उन बेशुमार लोगों में शायद में भी हूँ। खैर मैंने मन बनाया और मैं उसके घर एक शाम पहुँच गया मुझे देखकर उसके रूग्ण चेहरे पर दो पल के लिये रौनक आ गयी। उसका

कृशकाय शरीर और धँसी हुई आँखे उसकी वेदना को निःशब्द बयान कर रही थी। मैंने हाथों से उसका हाथ थामा और उसे लेटे रहने का आग्रह किया। वह बार-बार अपनी पत्नी सिमरन से चाय या काफी लाने को कह रहा था। मैंने चाय, काफी की औपचारिकता से मना कर दिया तथा उसकी पत्नी से उसका वर्तमान हाल चाल पूछने लगा।

'ये कुछ खाते ही नहीं। और कीमो थैरेपी के बाद तो हालत और खराब हो जाती है। डाक्टर्स 'बैस्ट पासिविल' दवाइयाँ दे रहे हैं। लेकिन दवाओं का रिसपोंस आशानुकूल नहीं है', सिमरन बोली।

प्रत्युत्तर में मैंने कहा, 'जो व्यक्ति दूसरों के सपने साकार करने के लिये जीवनभर काम किया आज अपने सपनों का वक्त आया तो नींद टूट गई।'

'जीवन भर यह दूसरों के लिये काम करते रहे हैं और आज इस असहाय स्थिति में इन्हें देखकर दिल बैठने लगता है', बोलते-बोलत सिमरन का गला रूंध गया।

प्रत्येक पल माहोल भारी होता जा रहा था। उसके बच्चों का हाल चाल पूछा। एक लड़की टाटा कंसलटैन्सी में मैंनेजर थी दूसरा पुत्र इंजीनियरिंग कर रहा था। कुछ ही महीनों पहले उसने अपना अपना घर रिनोबेट कराया था तथा मारूति डिजायर कार खरीदी थी। लेकिन आज सब अपनी चमक खो चुके थे। आज घर, गाड़ी, परिवार सबने मायूसी की चादर ओढ़ रखी थी।

इस घटना को कई हफ्ते बीत गये। मैं भी अपनी दैनिक दिनचर्या में काफी व्यस्त रहा। तभी एक दिन मोबाईल पर विश्वास का फोन आया-

'भाई साहब मेरा अंतिम प्रणाम स्वीकार करें। कभी भी मैं अब एक दूसरी यात्रा पर निकल पड़ूँगा।'

मैं क्या उत्तर देता। उसने इतना कहकर मोबाईल स्विच आफ कर दिया। उसके अगले दिन ही वह दूसरी यात्रा को निकल पड़ा जहाँ से कोई वापस नहीं आता। ऐसा था-अजेय विश्वास।

ज़िन्दगी में बहुत से रिश्ते बने और बिगड़े। लेकिन यह थोड़ी सी दोस्ती मेरी यादों में एक मुक्म्मल मुकाम बना लेगी यह सोचा भी नहीं था।

୭୦୧

तीसरी मुलाकात

लीला से मैं अच्छी तरह से वाकिफ नहीं था। मेरी मुलाकात एक तरह से आकस्मिक या यों कहें एक्सीडेंटल थी। फिर कुछ घटनायें इस तरह से जुड़ती गई कि नये-नये तथ्यों का रहस्योद्घाटन एक के बाद एक होने लगा। एक रोमांचक थ्रिलर का आकार घटनाक्रम लेने लगा। उस दिन जब मॉल में मैं एक ओवर कोट की तलाश में टहल रहा था। तब एक शख़्स पर अचानक मेरी नजर पड़ी जो शक्लोसूरत, कद, काठी में लगभग मेरे जैसा था। मैं स्वयं एकाएक चौंक सा गया। अचानक मुझे लीला की वह बात याद आ गई। मैं उसका पीछा करता कि वह लिफ्ट पर पहुँच अचानक आँखों से ओझल हो गया। मैं काफी हताश हो, भौंचक काफी देर वहीं खड़ा रहा।

मैं अपनी दादा की बीमारी के सिलसिले में मेरठ कैंसर इन्स्टीट्यूट जो हापुड़ रोड पर था अक्सर उनके साथ जाता था। वहाँ डे-केयर वार्ड में कीमोथैरेपी होती थी, जिसमें 6-6 घंटे मुझे उनके साथ रुकना पड़ता था। अक्सर अपने मरीज के नम्बर के इंतजार में मुझे वार्ड के बाहर बैन्च पर काफी देर तक बैठना पड़ता था। मैं स्वयं इतना मानसिक तनाव में रहता था कि मैं अपने आस-पास से बिल्कुल बेखबर था। बीच-बीच में दादा जी को जूस दे देता था क्योंकि भोजन देना मना था। मेरी तरह ही अन्य मरीजों के परिजन मरीज के साथ अपने नम्बर का इंतजार करते बैन्चों पर बैठे रहते थे। यह सिलसिला कई महीनों तक चलता रहा। अचानक मुझे लगा कि एक नीली साड़ी वाली औरत मुझे ऊपर नजरें उठा कर देख रही थी। लेकिन वह तब ज्यादा देखती जब उसके साथ वाला अधेड़ आदमी पास नहीं होता। वह भी अक्सर मेरे समय पर ही एक अधेड़ से आदमी के साथ आती थी। धीरे-धीरे मैं कानशस हो गया और एक अजीब सी जिज्ञासा पैदा हो गई। वह नीली साड़ी वाली जो संभवतः एक कैंसर की मरीज थी मुझमें क्यों उत्सुक थी।

एक दिन जब मैं इंस्टीट्यूट पहुंचा और मैं दादा जी के साथ बैंच पर बैठा था, तभी वह महिला उस अधेड़ आदमी के साथ आयी और बेंच के दूसरे छोर पर बैठ गयी। उस औरत की साड़ी का रंग हमेशा एक सा रहता था। उसे शायद नीले शेड्स ज्यादा पसंद थे। वह आदमी दवा लेने फार्मेसी की ओर चला गया। वह नीली साड़ी वाली अपनी जगह से थोड़ी खिसकी और अचानक पूछ बैठी 'आप क्या आनंद के भाई हैं

जो बेगम पुल के पास रहते हैं। मुझे समझने में कुछ देर लगी फिर प्रत्युत्तर में मैं बोल उठा 'नहीं मैं किसी आनंद को नहीं जानता-आपका परिचय' वह रुकी फिर दो शब्दों में उत्तर दे दिया 'मैं लीला।' तभी उसका आदमी दवायें लेकर आ गया। वह धीरे से खिसक कर बेंच पर अपनी जगह बैठ गयी। उस अधेड़ आदमी ने मुझे ऊपर से नीचे तक एक हिकारत की नजर से देखा और उस औरत को हाथ पकड़कर वार्ड की तरफ ले गया।

मुझे उस अधेड़ आदमी तथा नीली साड़ी वाली लीला के कार्यकलाप बड़े रहस्यमय लगे। लेकिन मैं अपनी परेशानी में आखिर सब भूल गया। एक दिन मैं बेगमब्रिज की एक बर्तन वाली दुकान में स्टील का एक टी पौट खरीद रहा था कि मेरी नजर उस मेरे हमशक्ल पर पड़ी। मैंने जल्दी से पैकेट लिया और दुकान के बाहर आया। वह हमशक्ल एक बैट्री के शोरूम से निकला और अपनी कार पर बैठने जारहा था कि मैंने उसकी ओर मुखातिब होते हुए पूछ ही लिया :

'क्या आप मि० आनन्द हैं'

'यस, मैं आनन्दवर्धन, ए०जी०एम०, सायो बैट्रीज, जापान' उसने तेजी से उत्तर दिया और कार का दरवाजा खोलने लगा।

मैंने तपाक से उसका हाथ अपने हाथ में लिया और धीरे से कहा-

'क्या आपसे लीला के बारे में मैं दो मिनट बात कर सकता हूँ।'

वह रुक गया। 'लीला-आप उसे कैसे जानते हैं' गम्भीर भाव से वह बोल पड़ा। मैंने उसको संक्षिप्त में समझाया कि चूंकि हम दोनों में शक्ल सूरत की इतनी समानता है कि वह मुझे आनन्द समझ बैठी थी और मुझे अपने हम शक्ल को ढूँढना आवश्यक हो गया था। उसने मुझसे गाड़ी में बैठने को कहा। फिर उसने जो लीला के बारे में बताया वह काफी दर्दनाक था।

दो वर्ष पूर्व जब आनन्द सायो बैट्रीज के पश्चिम उत्तर प्रदेश के रीजनल मैंनेजर के रूप में मेरठ आया तो उसने बेगम ब्रिज के पास एक थ्री बी०एच०के० का घर किराये पर ले लिया। वह अकेला ही था और कम्पनी के बिजनेस के सिलसिले में दिनभर बाहर रहता था। शाम को लौटता था तब एक नेपाली नौकर उसके लिये चाय नाश्ता तैयार कर दिया करता था।

कभी-कभी रात का खाना भी बनाकर रख जाता था। कभी देर सवेर होने पर आनन्द फोन करके खाना नावेल्टी होटल से घर पर ही मंगा लेते थे। सप्ताह में रविवार ही अवकाश के रूप में मिलता था। रविवार का काफी दिन वह अपनी बालकनी में बैठकर गुजारता था। उसके घर के सामने भी लगभग उसी तरह की ही इमारत थी। उसके ठीक सामने प्रथम तल पर कोई परिवार रहता था। दोनों इमारतों के बीच चालीस फीट चौड़ी सीमेंट की सड़क थी। वैसे यह इलाका बेगम ब्रिज में ही आता था किन्तु यह रिहायशी इलाका था। यह गौतम पल्ली के नाम से जाना जाता था। कुछ लोगों ने ग्राउन्ड फ्लोर के हिस्से को दुकानों में परिवर्तित कर दिया था। कुछ लोगों की कारें तथा दुपहिया वाहन घरों के नीचे सड़क के किनारे ही खड़े रहते थे।

आनन्द के घर के सामने प्रथम तल पर अर्जुन देवधर जो एक फैक्ट्री में सुपरवाइजर था अपनी पत्नी के साथ रहता था। वह सुबह आठ बजे निकलता और शाम को छः बजे के बाद ही घर लौटता था। लेकिन आनन्द आस-पड़ोस से बेखबर था। अर्जुन की पत्नी अक्सर बालकनी में बैठकर सड़क पर चलती फिरती भीड़ देखती रहती थी। कई बार उसकी नजर सामने वाले घर पर पड़ी तो अक्सर सन्नाटा नजर आता। रविवार के दिन भी बहुधा अर्जुन मजदूर संघ के काम से घर के बाहर ही रहता था। वह मजदूर संघ का प्रान्तीय नेता था।

अर्जुन की पत्नी बालकनी से तथा कमरे की खिड़कियों से आनन्द को देखा करती थी। जैसे आनन्द को चाय-नाश्ता करते, अखबार पढ़ते, कपड़े धूप में डालते, बाहर आराम कुर्सी पर दोपहर सोते हुए आदि-आदि। संभवतः उसे समझ में आ गया था कि आनन्द अकेला ही रहता था। तभी एक घटना घटी, अर्द्धरात्रि में सामने के घर से चीखने चिल्लाने की अवाज आ ही थी। आनन्द ने बालकनी में आकर देखा कि अर्जुन अपनी पत्नी को पीट रहा था तथा फिर उसे बालकनी में छोड़ दरवाजे बंद कर अंदर चला गया। कुछ और लोगों ने भी सुना और देखा फिर वे अपनी बत्ती बुझा कर अंदर चले गये। आनन्द भी कुछ देर बाद अंदर आकर सो गया।

इस घटना के कई दिन बाद आनन्द के नेपाली नौकर बहादुर ने आनन्द को बताया कि सामने वाली मेम साहब आपसे मिलना चाहती हूँ। अगले दिन रविवार था दोपहर लंच से पहले दरवाजे पर दस्तक हुई। दरवाजा खोला तो वह खड़ी थी। आनन्द ने उसे अंदर आने को कहा और वह आकर एक सोफे

पर बैठ गई। थोड़ी देर तक वह चुप रही। फिर वह यूँ बोली 'मैं लीला हूँ और आपके ठीक सामने वाले फ्लैट में रहती हूँ। मेरे पति अर्जुन एक मिल में सुपरवाईजर है। मुझे काफी मारते पीटते हैं। मैं अपने घर नागपुर जाना चाहती हूँ।' कई और बातें भी उसने विस्तार से बतायी। उसके पति की नाराजगी का कारण उसके बच्चा न होना तथा अक्सर बीमार रहना था। लीला ने बताया कि उसे यहाँ का जलवायु तथा वातारण रास नहीं आया। वह मदद माँगने आयी थी। मामला काफी संजीदा था। आनन्द ने उससे कहा कि वह इस मामले पर विचार करेगा।

इस घटना को कई दिन हो गये थे। आनन्द लीला के मामले में पड़ना नहीं चाहता था। आनन्द अपनी पत्नी को छोड़ चुका था तथा किसी अन्य स्त्री के बारे में सोचना भी नहीं चाहता था। लेकिन अचानक एक दिन वह फिर शाम को आ गयी। आनन्द ने समझाया कि वह उसकी कोई मदद नहीं कर सकता। अधिक से अधिक वह दिल्ली तक के लिये उसे टैक्सी से सुरक्षित भिजवा सकता है। नई दिल्ली से कई गाड़िया नागपुर के लिये मिलेगी। उसने सिर हिलाया और चली गयी। लेकिन अर्जुन को किसी सूत्र से लीला के आने-जाने की बात मालूम हो गयी। एक शाम गुस्से में लाल वह आनन्द के घर आ धमका और चीखा 'मेरे घर के मामले में पड़ोगे तो मैं तुम्हें चीर कर दो कर दूँगा।' चीखता चिल्लाता वह चला गया तथा आनन्द के मकान मालिक को भी धमका गया। कुछ दिनों बाद आनन्द ने वह मकान छोड़ दिया।

मैं कई महीनों बाद दादाजी की कीमोथैरेपी के लिए कैंसर, इंस्टीट्यूट पहुँचा था। मैं हमेशा की तरह अपने दादाजी के नंबर का इंतजार बेंच पर बैठाकर रहा था। कुछ देर बाद एक एम्बुलेंस सामने पार्किंग पर खड़ी हो गई और वह अधेड़ आदमी डाक्टर के कमरे की ओर दौड़ता हुआ गया। कुछ देर बाद डाक्टर तथा नर्स के साथ स्ट्रेचर पर जाती नीली साड़ी पहने लीला दिखाई दी। ऐसा मालूम पड़ा कि उसकी हालत खराब थी। अधेड़ आदमी भी बदहवास सा इधर-उधर दौड़ रहा था। उस दिन मेरे दादाजी की आखिरी कीमो थी। उसके तीन हफ्ते बाद उन्हें दिल्ली शिफ्ट करना था।

अगले दिन मैंने आनन्दवर्धन को फोन कर लीला के बारे में बताया। यह जानकर मुझे बेहद आश्चर्य हआ कि उसे यह सब मालूम था। लीला के पति ने फोन करके आनन्द से आग्रह किया था कि लीला की हालत काफी नाजुक थी यदि वह भी

आकर देख लेता तो लीला के लिये शायद अच्छा था। आनन्द तुरन्त लीला को देखने इन्स्टीट्यूट पहुँचा तथा लीला से मिला। उसने अर्जुन को पचास हजार रूपये का एक चेक दिया जिसे अर्जुन ने उधार समझ कर ही स्वीकार किया। आनन्द की लीला से यह मात्र तीसरी मुलाकात थी।

इसके बाद लीला अर्जुन और आनन्द के बारे में मुझे कोई जानकारी नहीं मिली। मेरे दादाजी 'स्वस्थ हो गये और फिर से अखबार के दफ्तर में बैठने लगे। मैं अपने कार्य में और व्यस्त हो गया। इस तरह पाँच वर्ष पलक झपकते ही गुजर गये। अचानक एक दिन आनन्द का फोन आया मुझे आवाज समझने में कुछ देर लगी। लेकिन जो कुछ वह बोला वह दुनियाँ के आठवें आश्चर्य से कम नहीं था।

आनन्द का ट्रॉंसफर यू०पी० (ईस्ट) में वाराणसी कई वर्ष पूर्व हो गया था। उसके पास अर्जुन और लीला के फोन आते रहते थे। लीला स्वस्थ थी और उसेक दो बच्चे भी थे। अर्जुन देवधर अब असिस्टेंट मैंनेजर हो गया था। अर्जुन और आनन्द आज दोस्त हो गये थे।

৯৩৫

दरवाजे बन्द हैं

धुआँ, कर्णभेदी शोर तथा भागते हुए लोग किसी भी महानगर के स्थायी अंग है। कानपुर इसका अपवाद नहीं है। गंगा और सुदूर यमुना के बीच फैला हुआ जनपद कानपुर आज उत्तर भारत का एक प्रमुख व्यापारिक तथा औद्योगिक केन्द्र बन गया है। यूँ तो कानपुर शहर एक घना बसा प्रदूषित नगर है किन्तु फूलबाग से माल रोड तक का हिस्सा अपेक्षाकृत खुला तथा खूबसूरत है। यहाँ बहुमंजिली इमारतें दो कतारों में काफी दूर तक चली गयी है। यहीं कल्याण टॉवर में तीसरी मंजिल पर एशियन न्यूज ऑफ इंडिया का ब्यूरो आफिस है। सायँ इन बहुमंजिली इमारतें के टैरेस से माल रोड से फूलबाग को जा रही सैकड़ों कारें, स्कूटर्स, कतारों में धीरे-धीरे फिसलती नजर आती है और ऊपर कतारों में जगमगाते ट्यूब लाईट्स तथा सोडियम लैम्प इस दश्य को और मनमोहक बना देते हैं। यही कानपुर का नारीमन पॉइन्ट कहा जा सकता है। मैं दिनभर कम्प्यूटर, फैक्स तथा टेलीप्रिंटर्स से प्राप्त समाचारों को विश्व के एक कोने से दूसरे कोने तक प्रेषित करता रहता हँ। किन्तु सॉय आते-आते मैं स्वयं को थका तथा अकेला पाता हूँ। तब आफिस के बाद मेरे साथ होता है टैरेस, ईजीचेयर तथा ऊँचाई से देखा गया गतिशील महानगर का एक यह परिदश्य।

टैरेस पर बैठा बैठा सोचता हूँ क्यूँ न थोड़ी देर शॉवर के नीचे बैठकर कोल्ड बाथ लिया जाय। तत्पश्चात एक बढ़िया काफी यहीं बैठकर पी जाये। मेरे घर तथा बाहर की दुनियां यही तीसरी मंजिल पर सिमट कर रह गयी है। मैं कुर्सी से उठ खड़ा होता हूँ। जब रेलिंग के पास नीचे देखता हूँ, सड़क के किनारे ईमारत के ठीक नीचे एक सफेद मारूती स्विफ्ट कार लगातार हॉर्न देती हुई दिखाई पड़ती है। मैं समझ जाता हूँ कि यह अमित होगा और मैं तेज कदमों से नीचे जाने के लिये मुड़ जाता हूँ।

यह जो कहानी है वह न तो मेरे प्यारे दोस्त अमित की है न वह मेरी अपनी कहानी है। किसी प्रेम त्रिकोण अथवा रोमान्स का भी इस कहानी से कोई सारोकार नहीं हैं। यदि आप समय-चक्र को कुछ पीछे ले जा सके, इतिहास के पन्नों को कुछ उलटें, अतीत के साथी खंडहरों की कुछ परतें हटायें तो आज से लगभग सौ वर्ष पूर्व की एक अनकही कहानी को उद्घाटित करने का मैं साहस करूँ जिसको मुझ तक लाने का श्रेय मेरे प्यारे दोस्त अमित को ही है।

कानपुर से दक्षिण-पश्चिम में लगभग पैंतालीस मील दूर यमुना के किनारे एक छोटा सा कस्बा कालपी है। यहाँ पर आज से कुछ वर्ष पूर्व यमुना के ऊपर एक सेतु निर्माण सम्बन्धी कार्य चल रहा था तभी एक शाम झाँसी से अपनी स्टाफ कार से लौटते हुयें कालपी रुका क्योंकि अमित यहीं सड़क-सेतु सम्बन्धित एक एन०एच०आई०ए० प्रोजेक्ट पर काम कर रहा था। श्यामल यमुना पर आग के गोले की तरह तपते हुये ताम्रकलश को उस शाम धीरे-धीरे डूबते हुये देखता रहा। यह दश्य देखकर बहुत दिनों तक मैं आत्मविभोर रहा। सचमुच अकथनीय आनंद की अनुभूति हुई। तभी मैंने अमित से वादा किया कि मैं कभी दो-तीन दिन यहाँ अवश्य रुकूँगा।

अमित कानपुर के करीब होने के कारण बहुधा मेरे पास आ जाता था। बहुधा ही सायंकाल हम माल रोड या बिरहाना रोड स्थित किसी किसी होटल में साथ ही साथ डिनर लेते थे। उसे आने का और मुझे बुलाने का एक ही ढंग होता था। वह अपनी सफेद स्विफ्ट को इमारत के नीचे सड़क के एक तरफ खड़ी कर देता था और तब तक हार्न बजाता रहता जब तक कि मैं या मेरा नौकर बहादुर टैरेस पर आकर उसे न देखें। जब भी मेरे पास से लौटता उसी आमंत्रण की पुनरावृत्ति होती-अरे।' डियर कभी साइट पर भी आओ। मौज ही मौज है।' मैं हमेशा मुस्कराते हुये अनौपचारिक ढंग से अमित के कंधे थपथपाते हुये कहता' कोई विशेष बात अच्छा आऊँगा... और दो-तीन दिनों के लिये आऊँगा। 'अच्छा बॉय'। अमित की सफेद स्विफ्ट दि माल की सड़क पर भीड़ को चीरती हुई निकल जाती।

एक शाम जब तन्हाई हावी हो रही था और मन भी काफी उदास था, मैं अमित की ब्रिज कान्स्ट्रक्शन साईट पर पहुँ गया। यमुना के तट पर बसा हुआ यह कस्बा, व्यास की जन्मभूमि कालपी मुझे और भी उदास और बेजार सा लगा। मुझे अहसास हुआ कि यह खंडहरों का कस्बा है। यमुना के उस पार-कुछ चल कर-वहीं एक खंडहर पर अमित ने एस्बेस्टस शीट से अस्थायी रूप से अपने रहने का स्थान तथा आफिस बना लिया था। वहीं थोड़ा हटकर पन्द्रह-बीस झोपड़ियां भी बनी हुई थीं। जब मैं शाम को वहाँ पहुँचा तो एक गैस लैम्प एक कैबिननुमा कमरे में प्रकाश कर रही थी। किन्तु, बाहर पूर्ण अंधकार था। हाँ कुछ दूर झोपड़ियों से धुआँ निकल रहा था। कुछ दीप झोपड़ियों के मध्य वहीं टिमटिमाते हुये प्रतीत हो रहे थे। अमित मुझे देखकर बेहद खुश हुआ। अमित ने आवभगत में कोई कसर न उठा रक्खी। एक मित्र के लिये इतना आतिथ्य

सत्कार-आतिथ्य की औपचारिकता से कहीं अधिक प्रतीत हुआ। किन्तु अमित बेहद खुश था और सम्भवतः इसी कारणवश मैं भी। बहुत रात गये हम बातें करते रहे-स्मरण नहीं कि बात करते-करते मैं कब सो गया।

सुबह जब उठा तो सूर्य आकाश पर चढ़ आया था। बाहर कई ट्रक भारी-भारी मशीने, आदि लिये एक कतार में खड़े थे। इनमें जे०सी०बी० ड्रिलिंग मशीन, क्रेन, कन्क्रीट मिक्सर तथा वैल्डिंग आदि की मशीने आई हुई थीं अमित मजदूरों को, सामान रखने के लिये खंडहर के शेष भाग को साफ करने का आदेश देकर मेरे पास चला आया। कुछ सूत्र इस खंडहर के विध्वंस में ऐसे मिले कि मेरी जिज्ञासा इसके इतिहास को जानने की हुई। अब मेरा यहाँ आना जाना अपरिहार्य हो गया और मैं अतीत में झाँकने लगा।

इस छोटे से कस्बे में इस कोठी को लोग लाट साहब का बंगला या जैकसन साब की कोठी के नाम से पुकारते थे। पत्थरों से बनी अंग्रेजी शब्द 'एच' आकार की यह इमारत लगभग चार-पाँच फुट ऊँची प्लिन्थ लेकर बनी थी। सीढ़ियों पर कदम रखते ऊपर पहुँचने पर नर्म हरी घास का एक बड़ा सा आयताकार मैदान और बंगले के मुख्य द्वार को छोड़ते हुए एक अर्द्धवृत्त के आकार में फूल-पत्तियों की बाड़ पत्थर की इस इमारत को एक विलक्षण सौन्दर्य प्रदान करती है। पत्थर की कठोरता व फूलों की कोमलता दोनों का मधुर सामीप्य-एक सुंदर विसंगति की पुष्टि करता है। इमारत को शायद जानबूझ कर ही इस ऊँचाई पर बनाया गया था। नर्म हरी घास के इस मैदान पर खड़े होकर निकट बहती हुई यमुना के जल प्रवाह पर तैरती, मचलती छोटी-छोटी नौकाओं को देखा जा सकता था मैदान के एक कोने पर इमारत की ओर पीठ किये व्हील चेयर पर जैक्सन बैठे न जाने कितनी देर से यमुना के प्रवाह को देख रहे थे। आकाश में छिटपुट बादलों के कारण जैक्सन को समय का आभास ही न हो सका। अचानक जैक्सन मुड़े किन्तु किसी को भी न देखकर अपने हाथों से व्हीलचेयर को चलाते हुये इमारत के पास पहुंचे। जैक्सन नौकर को पुकारना ही चाहते थे कि सुन्दर सेन्ट्रल हाल से दौड़ता हुआ आया और व्हीलचेयर के पीछे आकर स्लोप पर होते हुये व्हील चेयर को सेन्ट्रल हाल में प्रविष्ट किया।

फैनी मेज पर ब्रेकफास्ट लगा रही थी। जैक्सन धीरे-धीरे अपने हाथों से व्हीलचेयर चलाते हुये ब्रेकफास्ट की

मेज पर पहुंचे। सेन्ट्रल हाल में गहरे लाल फर्श के ऊपर प्रवेश द्वार के दॉयें-बॉयें ओर करीने से लगे सोफे तथा मध्य भाग में भूरे रंग का एक कीमती कालीन हाल को एक भव्यता प्रदान कर रहा था।

जैक्सन और फैनी दोनों ब्रेकफास्ट के लिये मेज पर आमने-सामने बैठ गये। जैक्सन ने फैनी को स्मरण दिलाया और झाँसी के कमिश्नर वाटसन द्वारा शिकार पर अजयगढ़ चलने के आमंत्रण के बारे में पूछा। किन्तु फैनी ने बाहर घिरे आये बादलों को देखा और फिर जैक्सन की गहरी भूरी, आँखों में आँखें डालकर मानों यह कहा कि डियर, यह बाहर शिकार करने का मौसम नहीं था। बाहर शायद जलवृष्टि के आसार थे। फैनी अपने हाथों व्हीलचेयर को धकेलती हुई सेन्ट्रल हाल से जैक्सन को दाहिने ओर के दरवाजों से अध्ययन कक्ष में ले आई। अध्ययन कक्ष चारों तरफ कई अल्मारियों में सज्जित पुस्तकों से भरा हुआ था। फैनी ने बाहर की ओर खुलने वाली दोनों खिड़कियाँ खोल दी। स्यामल यमुना का प्रवाह हवा के वेग से तेज हो गया था। बाहर हल्की-हल्की बूँदें पड़ी रही थी। मछुआरे तथा इस पार से उस पार आदमियों को ढोने वाले मल्लाह नाव पर ऊँचे स्वर में कुछ गा रहे थे। जैक्सन ने स्टेट-एक्सप्रेस सिगरेट जलायी और धीरे-धीरे कश लेने लगा।

जैक्सन का अध्ययन कक्ष अंग्रेजी, संस्कृत तथा फ्रैन्च की चुनी हुई पुस्तकों से सुसज्जित था। जैक्सन और फैनी काफी देर तक अपने एक अमेरिकन मित्र द्वारा भेजी गई एक पुस्तक 'ए फेयरवेल टु आर्म्स' की चर्चा करते रहे। कुछ देर बाद फैनी ने सेन्ट्रल हाल में आकर पियानों को छेड़ दिया। जैक्सन अध्ययन कक्ष में बैठा काफी देर तक कुछ लिखता रहा।

कस्बे में हवा गर्म थी कि लाट साहब की कोठी में अंग्रेजी हुकूमत के समय के खजाने की खुदाई चल रही है। लाट साहब के नाम से जानी जाने वाली कोठी अब खंडहर में परिणित हो चुकी थी। पत्थरों की अवशेष दीवारें तथा स्तम्भ किसी बीती कहानी के बेजान गवाह की तरह चुप थे। अमित के अस्थायी आफिस पर इस समय मेरा पूर्ण अधिकार हो चुका था। पिछले तीन दिनों से ब्रिज कान्स्ट्रक्शन का कार्य लगभग रुक सा गया था। मेरी मेज पर तरह-तरह की सैकड़ों वस्तुओं का ढेर लग गया था। पुस्तकें, डायरी, कलमदान, होल्डर, चीनी मिट्टी के बर्तन, पुरानी तलवारें, चित्र, टूटा फर्नीचर, चांदी के कुछ सिक्के, चूड़ियाँ आदि-आदि किसी तरह अपना अस्तित्व तो

बनाये थे किन्तु अपना वास्तविक स्वरूप खो चुके थे। यदि छोटी सी भी कोई वस्तु खुदाई में किसी मजदूर को मिलती तो वह खुशी से मेरे पास दौड़ा हुआ चला आता। इस सब में सबसे बहुमूल्य थी एक पुरानी बदरंग रेक्सीन चढ़ी हस्तलिखित डायरी।

इस छोटे से कस्बे में जैक्सन के बारे में कोई कुछ नहीं जानता था। एक अपाहिज अंग्रेज ने बुन्देलखण्ड की इस मरूभूमि में जीवन का कौन सा स्रोत ढूँढ निकाला था-सभी इससे अनभिज्ञ थे। जैक्सन शान्त प्रकृति का व्यक्ति था किन्तु उसकी भूरी आँखें तथा चेहरे का तपे हुये ताबें सा गहरा रंग स्वतः न जाने किस दर्द की अभिव्यक्ति करते थे। वह बहुधा सुबह तथा शाम अपने सिलकिन गाउन में व्हीलचेयर पर विचारमग्न बैठा रहता था। जब उसके मित्रों का आगमन होता तब कोठी में उत्सव का माहौल होता था। शिकार की तैयारियां होती थी। खाने-पीने का कार्यक्रम बहुत रात गये चलता रहता था। जैक्सन शराब पीकर बहकता न था किन्तु इन्हीं क्षणों में उसके मस्तिष्क पर की धुन्ध हटती और स्वतः अतीत के पृष्ठ खुलने लगते थे। प्रथम विश्व युद्ध में जर्मनी के विरूद्ध लड़ते हुये वह अपनी टुकड़ी से बिछुड़ गया और जर्मन सैनिकों के हाथ पड़ा। किन्तु भाग्य ने साथ दिया-कई वर्षो बाद जब स्वदेश आया तो फैनीको प्रतीक्षा करते पाया। उसी समय वह सेना से सेवा निवृत्त हो गया।

हिन्दुस्तान में आजादी की आग कश्मीर से कन्याकुमारी तक फैल गयी थी। 'साईमन कमीशन' वापस जाओ-और लाला लाजपतराय की आकस्मिक मृत्यु ने हिन्दुस्तान में विप्लव की स्थिति ला दी थी। एक सुबह उन्हीं दिनों जैक्सन और फैनी समुद्री जहाज द्वारा बम्बई पहुँचे।

रात कुछ ज्यादा ही गहरा गई थी। आकाश में तारे भी भरपूर छिटके हुये थे। लेकिन मैं डायरी के पन्नों में पूरी तरह से खो गया थ। केवल बहादुर के नथुनों से ही एक निश्चित अन्तराल से सांस चलने की आवाज आ रही थी। मैं डायरी को मेज की दराज में रखकर टैरेस पर आ जाता हूँ। अन्धकार में डूबा हुआ महानगर एक विशालकाय सुसुप्त अजगर की तरह फैला हुआ प्रतीत हो रहा था। डायरी पढ़ने के बाद बहुत से अनुत्तरित प्रश्न मेरे मस्तिष्क में उलझ गये। बार-बार केवल एक ही प्रश्न मस्तिष्क पर चोट करता था-आखिर विपिन जैक्सन के यहाँ ही क्यों ठहरा ? क्या सुचित्रा उसके बारे में कुछ भी न जानती थी। इस कहानी में विपिन के आ जाने से

मैं असमंजस में पड़ गया था-वास्तव में वहाँ से प्राप्त डायरी जैक्सन की नहीं थी-उसमें कई स्थानों पर हिन्दी में विपिन नाम के हस्ताक्षर अंकित थे। आखिर यह विपिन कौन था ?

पावस ऋतु का अभी प्ररम्भ ही था किन्तु कई दिनों तक आकाश में सूर्य उदित नहीं हुये थे। मेघों से आच्छादित आकाश और जब तब कौंधती चंचल चपला ने घर से बाहर कदम रखना दुष्कर कर दिया था। जैक्सन साब के बंगले के चारों ओर हरियाली ही हरियाली थी। यमुना का जलस्तर निरन्तर बढ़ रहा था। चौकीदार सुन्दर और खानसामा जफर जैक्सन को आगाह कर रहे थे कि उन्हें कोठी खाली कर देनी चाहिये।

ऐसी ही एक रात्रि थी। पानी की फुहार लगातार पड़ रही थी। जैक्सन और फैनी निद्रा में थे। अचानक दरवाजे पर दस्तक हुई। फिर दस्तक काफी देर तक रुक-रुक कर होती रही। सुन्दर नींद में बड़बड़ाता हुआ तथा हाथ में लालटेन लिये कोठी के पीछे से आया। उसे देखकर आश्चर्य हुआ कि मुख्य द्वार के पास एक युवक और एक युवती खड़े थे। दोनों ही के वस्त्र पानी के कारण शरीर से चिपक गये थे। सुंदर के बोलने से पूर्व ही युवक बोला 'हमें रात्रि में ठहरने के लिये थोड़ी सी जगह चाहिये। हम बड़ी मुसीबत में हैं। 'जाओ कस्बे में जाओ। यह अंग्रेज साहब का बंगला है कस्बे की सराय नहीं।' सुंदर लालटेन की रोशनी में उन्हें शंकित दृष्टि से देखते हुए बोला।

'किसी की ज़िन्दगी और मौत का प्रश्न है।' इस बार युवक का स्वर आर्द हो गया था। युवक एवं युवती को समझ में नहीं आ रहा था कि अब क्या करें ? अचानक जैक्सन अपने नाईट गाऊन में मुख्य द्वार पर आ पहुँचा।

'हूज़ दैट'

'टू स्ट्रैंजर्स इन ट्रबुल' युवक प्रत्युचर में बोल उठा। जैक्सन टार्च लेकर आगे आया। उसे दो युवा पानी में पूरी तरह भीगे हुए खड़े नजर आये। जैक्सन ने दो मिनट उन लोगों से बात की। तत्पश्चात् उसने सुंदर को आऊट हाउस में उनकी व्यवस्था करने को कह कर चला गया। युवक ने प्रत्युत्तर में 'थैंक्स' कहा और लाट साहब की कोठी में पहला कदम रखा।

कई सप्ताह के उपरान्त आज मुझे अवकाश प्राप्त हुआ किन्तु मैं चाहकर भी आराम न कर सका। मेज की दराज से मैंने जीर्ण-शीर्ण डायरी तथा कुछ पत्र निकाले। उन्हें पढ़ने और समझने में कई घन्टे लगे। मेरी आँख कब लग गई मुझे पता न

चला। जब आँख खुली तब बहादुर को काफी का प्याला लिये कुर्सी के सामने खड़ा पाया। शाम हो चुकी थी, मैं उठ खड़ा हुआ और सामने से पर्दा हटा दिया।

विपिन और सुचित्रा वाराणसी के समीप एक गाँव में रहते थे। बाल्यकाल में दोनों साथ पढ़े। विपिन को पढ़ने के लिये प्रयाग भेज दिया गया। दोनों एक दूसरे को असीम प्यार करते थे। किन्तु विजातीय होने के कारण शादी संभव न थी। विपिन प्रयाग से अपना अध्ययन पूरा करके लौटा तो काफी बदल गया था। किन्तु सुचित्रा से उसका लगाव कम नहीं हुआ था।

पावस ऋतु थी, घनघोर वर्षा हो रही थी, तभी अवसर का लाभ उठाते हुए दोनों गांव छोड़कर भाग खड़े हुये। कुछ दिन कानपुर में अपने एक मित्र के घर रहे। एक रात्रि घटाटोप बादल तथा घनघोर वर्षा के मध्य वे वहाँ से भी निकल पड़े।

विधि की विडंम्बना यह थी कि विपिन जो अंग्रेजी हकूमत का घोर विरोधी था। आज जैक्सन का शरणागत था। किंतु उसके मन में जैक्सन का अहित करने का कोई इरादा न था। विपिन, जैक्सन के हैल्पर की तरह काम करता था। बागवानी, कोठी का रख-रखाव तथा देखभाल में वह भी एक भागीदार था। अक्सर वह काम के सिलसिले में कानपुर जाता था। विद्यार्थी जी से मिलने की भी उसकी इच्छा थी। लेकिन एक सुबह वह कानपुर को निकला उसके कई दिन बाद तक वह नहीं लौटा। सुचित्रा काफी चिंतित हो गई। जैक्सन ने अपने सूत्रों से पता लगाने की कोशिश भी की। किन्तु सब कुछ निष्फल साबित हुआ।

शरद में सूर्य जल्दी अस्त होता है। अंधेरा धीरे-धीरे घिर रहा था। सूर्य अस्त होने में भी कुछ पल ही शेष थे। जैक्सन की कोठी के एक स्थान से सुदूर पश्चिम में जहाँ सूर्य अस्त होता है यमुना का पाट बहुत सिमटा हुआ प्रतीत हो रहा था। वहीं सुनहरी रेत के फैले हुये मैदानों के बीच सिमटी हुई यमुना के मस्तक पर डूबते हुये सूर्य की आभा परिलक्षित हो रही थी। जैक्सन प्रकृति की इस अपूर्व कला पर विमुग्ध सा था। घोड़े की टापों की आवाज ने उसका ध्यान भंग किया। वह व्हीलचेयर पर मुड़ा। पुलिस की वर्दी में दो सिपाही उसकी तरफ कदम से कदम मिलाते हुए बढ़े और एड़ियां मिलाकर एक जोरदार सैल्यूट किया। उनमें से एक सिपाही बोला-'हुजूर गुस्ताखी माफ हो। हमारे आला कप्तान साहब बहादुर ने आपके लिये यह खत भेजा है।' जैक्सन ने खत लेकर पढ़ा। खत पढ़ते ही जैक्सन के

चेहरे का रंग उतर गया। अचानक क्रोध से उसके नथुने फड़कने लगे। उसके होंठ धीरे-धीरे हिले फिर वह तेजी से चीखा-'इट्ज ए लाइ। ए कॉन्कटेड टेल-आई से गेट आऊट।' कुछ देर बाद लौटते हुए घोड़ों के टापों की मन्द होती हुई आवाजें सुनाई पड़ीं। जैक्सन के हाथों में कागज का टुकड़ा अभी भी फड़फड़ा रहा था जिसमें कुछ इस प्रकार अंकित था-

'विपिन नाम का एक व्यक्ति जो कि ब्रिटिश हुकूमत की नजरों में एक खतरनाक अपराधी था, हुकूमत की गोला बारूद मगरवारे स्टेशन के पास लूटते वक्त पुलिस की मुठभेड़ में मौके पर मारा गया। उसकी शिनाख्त के लिये आप पुलिस स्टेशन कानपुर तशरीफ लाये।'

और सूर्य डूब चुका था।

इस घटना को कई वर्ष हो गये सुचित्रा अब वह सुचित्रा न थी। किन्तु उसे अब भी यह विश्वास था कि विपिन एक न एक दिन अवश्य लौटेगा। किन्तु विपिन न लौटा। जैक्सन की पुस्तक 'इंडियाज लौस्ट ग्लोरी' अमेरिका में प्रकाशित हो चुकी थी। एक सुबह अपनी पुस्तक की एक प्रति जैक्सन ने सुचित्रा को अपने हाथों से भेंट की। आवरणपर पार्श्व में सांची स्तूप था जिसके ऊपर सुनहरे अक्षरों में अंकित था-'इंडियाज लौस्ट ग्लोरी।' सुचित्रा ने दूसरा पृष्ठ खोला जिस पर अंकित था 'डैडिकेटेड टू लेट विपिन'। सुचित्रा के नेत्र सजल हो गये, पुस्तक के पृष्ठ पर न जाने कितने विपिन उभर आये।

द्वितीय विश्व युद्ध अंतिम चरण में पहुंच चुका था तथा जापान समर्पण की कगार पर था। जैक्सन हिन्दुस्तान में बहुत दिनों तक न रह सके। आज से बीस वर्ष पूर्व जैक्सन पुलिस अफसर होकर हिन्दुस्तान आये थे। जैक्सन उसे भाग्य की विडम्बना ही समझते थे कि जिस हिन्दुस्तान की विविधता और संस्कृति से उन्हें एक मोह हो गया था उसी हिन्दुस्तान के युवा आतंकवादियों ने एक बार बम फेंक कर उसकी जान लेने की कोशिश की थी और उसी आतंकवादी संस्था के एक व्यक्ति को उन्होंने शरण दी।

एक सुबह जैक्सन ने हिन्दुस्तान छोड़ दिया। वफादार सुंदर और जफर अपने अपने गावों को लौट गये। उन्हें जैक्सन ने भरपूर रूपया-पैसा दिया। जैक्सन साहब की वह भव्य कोठी वीरान हो गई और उसमें रह गई केवल सुचित्रा शायद अपने विपिन के इन्तज़ार में।

इसी बीच मेरा स्थानान्तरण चंडीगढ़ ब्यूरो में हो गया। मैं जाने से एक दिन पूर्व अमित से मिलने गया। एक मायूसी के साथ खंडहर का एक-एक पत्थर को छूकर देखा मानों कि निर्जीव प्रेमिका को अंतिम बार स्पर्श कर रहा था। सोचा कि कभी इन निर्जीव पत्थरों से विपिन, सुचित्रा और जैक्सन का एक सम्बन्ध रहा था। अब यही इस कहानी के बेजान गवाह थे।

मैं कस्बे में भी गया और मिर्जामंडी के गार्ड साहब तथा राम चबूतरे के वयोवृद्ध पंडित जी से जैक्सन साब की कोठी के बारे में चर्चा की। उन्होंने बताया कि जैक्सन साब सन् '45 में हिन्दुस्तान छोड़कर चले गये। उस वीरान कोठी में एक मात्र सुचित्रा रह गई। बदहवास सी वह अक्सर रात्रि में विपिन का नाम लेकर पुकारती थी। रात्रि के घने अंधकार में भी दरवाजे तथा खिड़कियों के शीशों से रोशनी आती प्रतीत होती थी। लेकिन जैक्सन के जाने के बाद वे दरवाजे फिर कभी नहीं खुले। लगभग दो वर्ष बाद एक दिन लोगों ने देखा कि जैक्सन साब की कोठी में रोशनी हमेशा के लिये गुल हो गई थी। कस्बे के निवासियों ने जिन्होंने दो वर्ष तक सुचित्रा को जीने का एक सम्बल प्रदान किया था उसे अगले दिन सूर्यास्त से पूर्व अग्नि को समर्पित करके उसकी अस्थि की भस्म को यमुना में प्रवाहित कर दिया।

मेरा मन भारी हो उठा, मैंने उन सभी से विदा माँगी जिन्होंने मुझे इस कार्य में सहयोग किया था। फिर मैं सीधे अमित के पास पहुँचा। कुछ ही बातें हो सकीं और कुछ ही पल मैं रुका। सूर्यास्त से पूर्व कानपुर पहुंचना था। मैं शीघ्र ही स्टाफ कार में आकर बैठ गया। एक बार अमित को देखा फिर खंडहर पर लगे बोर्ड 'अमित कॉट्रक्शन्स' को देखा और कार आगे बढ़ गयी। अमित वहीं खड़े-खड़े कार को अपनी आंखों से ओझल होते देखता रहा।

ॐ

निर्वासित

होटल रेलवे स्टेशन के पास ही था। बस स्टेशन भी कोई बहुत दूर नहीं था। इस छोटे से कस्बे में सारी जरूरी या आवश्यकता की चीजें लगभग एक किलोमीटर के दायरे में ही थी। पोस्ट आफिस, बैंक दीवानी कचेहरी, बस अड्डा, जिला अस्पताल तथा स्कूल सभी आस-पास थे। नेहरू परिवार का राजनैतिक क्षेत्र होने के कारण विकास के नाम पर कुछ सरकारी इमारतें तथा कुछ छोटे-मोटे उद्योग लगने की चर्चा होती रहती थी। हम लोगों की नई-नई नौकरी थी जिले के सबसे बड़े कालेज में हम कुछ नौजवान, लखनऊ बनारस से आकर प्राध्यापक के रूप में ज्वाईन किये थे। ज्यादातार प्रध्यापक अविवाहित थे। अतः करमा होटल में अस्सी रूपये माहवारी पर दोनो वक्त भोजन किया करते थे। हमें भी चार सौ पचास रूपये माहवारी तन्ख्वाह मिलती थी। होटल का मालिक सिन्धी था उसका नाम था करमा। होटल एक पुरानी बिल्डिंग में था। जिसमें डॉट-दार छत थी तथा बीच में एक हुक पर एक बड़ा सीलिंग फैन टंगा था। कुल तीन-चार सौ-सौ वाट के बल्ब लगे थे। होटल में तीन लम्बी मेजे थी तथा बैठने के लिये टेक वाली छः बेंचे थीं। कुर्सी मात्र एक थी जो काउन्टर के पीछे रखी रहती थी। उस कुर्सी पर करमा बैठता था। काम करने वालों की लिस्ट में करमा को छोड़कर मात्र तीन कर्मचारी थे। एक खानसामा तथा दो लड़के जिनको आप वेटर्स कह सकते हैं। होटल के नाम पर कोई भी आकर्षण न था। लेकिन फिर भी स्टेशन के पास के सभी होटलों की तुलना में भीड़ करमा के होटल में ज्यादा ही रहती थी। होटल के बाहर कहीं कोई साईन बोर्ड नहीं लगा था। फिर भी शहर में लोग करमा होटल को भली भांति जानते थे।

करमा होटल के स्थायी कस्टमर लगभग पचास-साठ थे जो दोनों वक्त खाना उसी के यहाँ खाते थे। जो आसपास रहते थे वह सुबह की चाय तथा ब्रेड बटर भी वहीं आकर लेते थे। ज्यादातर खाने वाले बैंक कालेज या अन्य आफिसों के कर्मचारी थे। करमा का खाना तथा उसकी लच्छेदार बातें दोनों ही उस ढाबे या होटल का मुख्य आकर्षण थी। कुछ अन्य फायदे भी थे जो शायद उसके जायकेदार खाने से भी ज्यादा लोगों को लुभाते थे। जैसे करमा कभी महीना खत्म होने के बाद भी पैसे

का तकादा नहीं करता था। जरूरत पर उसके ग्राहक उससे सौ-पचास रूपये भी उधार मांग कर ले जाते थे। कभी-कभी बिना पूर्व सूचना के टिफिन पैक कराते और ट्रेन पकड़ लेते थे। लेकिन करमा हमेशा मुस्कराता रहता तथा उसके चेहरे पर तनाव लेशमत्र भी नहीं रहता था। करमा का होटल, वैज और नॉनवेज दोनों ही था। हम शाकाहारी लोगों को वह अक्सर सान्त्वना तथा सफाई देता रहता था। 'नॉनवेज का पतीला, चमचा तथा फाईंग पैन यहाँ बिल्कुल अलग रहता है।' करमा स्वयं भी एक अच्छा खानसामा था। उकसे हाथ का बना आमलेट, कोरमा, अंडाकरी तथा मुर्ग-खुदी का कोई जवाब न था। उसके हाथ के मूली तथा गोभी के पराठे बैगन का भर्ता तथा पंजाबी भिण्डी लाजवाब थी। यहीं एक वजह थी कोई यहाँ आने के बाद करमा होटल छोड़ता न था। इसके अतिरिक्त उसकी सदाबहार मुस्कराहट पूरे होटल को जीवंत बनाये रखती थी।

एक जिक्र जो रह गया वह होटल में रखा मर्फी रेडियो था जो एक और आकर्षण का बिन्दु था। गीतमाला, विविध भारती, बिनाका गीत तथा क्रिकेट कमेन्ट्री सुबह से देर रात्रि तक गूंजती रहती थी। कभी-कभी खाते-खाते हम उससे स्कोर पूछते। इसका जवाब होता 'सर-इण्डिया के तीन सौन रन पूरे हो गये हैं, चंदू बोर्डे अभी खेल रहे हैं।' या आमलेट पैन में पलटता हुआ बोलता-'हनीफ ने दो सौ रन बना लिये है। सर मैच ड्रा हो जायेगा।'

करमा होटल में इस तरह मेरे तथा मेरे कई साथियों के चार-पाँच साल बीत गये। इसके बाद समय ने कई करवट ली। देश में आपातकाल लग गया। राजनैतिक समीकरण बदल गये। कई दिग्गजों ने पार्टी छोड़ दी। कुछ ने नई पाटियां बना ली। निजी जीवन में धीरे-धीरे सभी मित्रों की शादियां हो गयी। नई-नई गृहस्थी बस गई तथा होटल बाजी छूट गई। लेकिन हमारे जैसे पुराने कस्टमर यदा-कदा अभी भी आते जाते रहते थे। एक सिलसिला अभी भी बरकरार था।

पिछली बार जब मैं करमा होटल पहुंचा तो करमा के भाई को देखा। वह भी वेटर की तरह कस्टमर्स का टेबिल पर खाना-नाश्ता लगा रहा था। मैंने उससे पूछा 'धरमा कया स्कूल नहीं जा रहे हो ?' धरमा कुछ नहीं बोला। इस बीच साइकिल पर झोलों में सामान लादे करमा आ पहुंचा। मैंने वहीं प्रश्न करमा के सामने फेंका। करमा ने भारी-भारी झोले उठा कर अंदर रखे। फिर मेरे सामने सीधे खड़े होकर बोला-

'तीन साल से दसवीं में फेल हो रहे थे। पिता जी ने पढ़ाई छुड़ा दी। कहा है कि होटल में इससे कड़ी मेहनत कराओ।'

मैंने धरमा को पैनी नजरों से देखा। फिर बिना कुछ कहे मैं होटल से बाहर आ गया। लगभग दो साल बीत गये, मैं करमा से मिल नहीं सका न ही उसके होटल जाने का कोई अवसर आया। ऐसा प्रतीत होता था मानों कि मैं एक ग्रह से दूसरे ग्रह में आ गया था। पिछला मानों कहीं गुम होता जा रहा था। अचानक एक दिन बाजार में करमा पुरानी साइकिल लिये मुझे दिख गया। मैंने उसे रोक कर उसका कुशल क्षेम पूछा।

'धरमा ने होटल को कर्जे में डूबा दिया है तथा उसका होटल लगभग बंद होने की कगार पर आ गया है।' वह बहुत धीरे-धीरे बोला। उसकी हालत एक बदहवास, लुटे हुये आदमी की थी। उसके चेहरे की चिर-परिचित मुस्कराहट गायब हो चुकी थी। मैंने उसके कंधे पर हाथ रखा। धीरे से मैं बुदबदाया 'ईश्वर सब ठीक करेगा, करमा।' करमा धीरे-धीरे साइकिल पैदल खींचता आगे बढ़ गया। निःशब्द।

मैं करमा के बारे में अक्सर न चाह कर भी सोचता रहता था। उस दिन तो मेरा दिल धक्क से रह गया जब मैंने करमा होटल बंद देखा। मै।उस दिन स्टेशन अपने एक मित्र को लेने गया था। उस दिन मैं वक्त निकालकर उसके बारे में पूंछ न सका। मैं जल्दी में था। मैं करमा का घर नहीं जानता था अन्यथा मैं जाकर उसका हालचाल लेता। जीवन की इस भागदौड़ में एक साल और बीत गया। मैं करमा की गतिविधियों से बिल्कुल अनजान रहा। लेकिन ईश्वर ने मेरे दिल की सुन ली। एक दिन करमा रिक्शे में बैठा मुझे दिखा। मैंने स्कूटर रोक कर उसे आवाज दी। जिस करमा ने मुझे प्यार से जायकेदार खाना खिलाया था वह आज मुझे बूढ़ा अशक्त और लाचार दिख रहा था। मैं स्कूटर सड़क के किनारे खड़ा कर सड़क उस पार उसके रिक्शे के पास पहुंचा। वह हाथ जोड़कर रिक्शे से उतर कर खड़ा हो गया। मैंने उससे पूछ 'क्या हाल है करमा। तुम मुझे बहुत दुबले लग रहे हो।'

'सर जी मेरी घरवाली इधर बहुत बीमार थी। अब पहले से ठीक है। मेरे लड़के यश ने साइंस से इंटर फर्स्ट डिवीजन से पास कर लिया है। सेना के सिगनल कोर में नौकरी के लिये इन्टरव्यू देने पूना गया है। वहां पढ़ाई और नौकरी दोनों साथ-साथ होगी। आप सार जी उसके लिये दुआ करो।'

'उसके लिये और तुम्हारे लिए मैं ईश्वर से हमेशा प्रार्थना करता रहूंगा।' मेरी दुआऐं उसके साथ हैं करमा-भावुक हो मैं बोलता चला गया। मैंने उसके दो हाथों को हाथों में लिया। ढ़ॉढस बंधाया और उसे अपने सीने से लगा लिया। चंद मिनटों में रूखसत का वक्त आ गया। मैंने पर्स निकाल कर एक पाँच सौ का नोट उसकी जेब में डाल दिया उसने नोट जेब से निकालकर मुझे वापस कर दिया। मेरी जिद करने पर भी उसने रूपये लेने इन्कार कर दिया। चलते वक्त उसने इतना कहा 'सरजी, आपकी दुआऐं अब हमारे काम आयेंगी।'

इसके बाद मेरी मुलाकात करमा से नहीं हई, मैं समझता हूँ। इस आखिरी मुलाकात को लगभग 20 वर्ष हो गये थे। लेकिन मुझे करमा का कोई पता नहीं लग सका। मैंने अपने कई साथियों से भी पूछा। उन्हें भी कुछ पता न था तथा मेरी तरह ही अनिभिज्ञ थे। करमा होटल बन्द हो चुका था। होटल की जगह वहां एक तीन मंजिला शोरूम खुल गया था। धीरे-धीरे अतीत की यादों पर समय की धूल जमने लगी। मेरे बच्चे भी पढ़-लिखकर दूसरे शहरों में नौकरी करने लगे। मैं और पत्नी फिर नितांत अकेले रह गये। कभी-कभी सांस्कृतिक कार्यक्रमों तथा गैट-टुगेदर वाले प्रोग्रामों में चले जाते थे। एक मित्र के लड़के की शादी का निमंत्रण था। मैं समय से कुछ पहले झूलेलाल धर्मशाला पहुंच गया। इधर-उधर देखा कोई परिचित चेहरा नहीं दिखा। मैं एक कुर्सी पर बैठ गया। यही से बारात उठनी थी तथा लगभग एक किमी० दूर आलीशान पैलेस में जानी थी। तभी एक लड़का काफी लेकर आया। मैं कॉफी की चुस्की लेते हुए सोचने लगा कि लगभग एक-डेढ़ घंटे जरूर लग जायेंगे। तभी सफेद दाढ़ी तथा सफेद बालों वाला एक वृद्ध आकर मेरे सामने खड़ा हो गया। मैंने जब उसकी ओर कोई तवज्जो नहीं दी तो वह हाथ जोड़कर खड़ा हो गया। मैंने कहा 'मैंने आपको पहचाना नहीं।'

वह मुस्कराया, फिर बोला 'मैं आपका करमा-करमा होटल वाला।'

मैं तुरन्त खड़ा हो गया। 'करमा तुम इतने दिनों से कहाँ थे ? मैंने तुम्हें कहाँ-कहाँ नहीं पूछा।' मैं तुरन्त ही बोल उठा।

'सरजी, मैं पिछले पन्द्रह वर्षों से यहीं झूलेलाल मंदिर में सेवा कर रहा हूँ। यहीं रहता हूँ यहीं खाता-पीता हूँ।'

मैं भावुक हो उठा तथा गले लगा लिया। आज मेरी आँखों से मोती टप-टप गिर रहे थे। वह मुझ मंदिर के पीछे

कमरे में ले गया। वहां एक तख्त पड़ा था जिसपर एक दरी और चादर थी। दीवार पर झूलेलाल तथा कई देवी देवताओं की फ्रेम में तस्वीरें टंगी हुई थी। एक कोने में पूजा स्थान था। दीवारपर कुछ कपड़े टंगे थे। एक दीवारपर एक आर्मी आफिसर की फोटो थी। करमा की पत्नी का देहान्त होने के बाद वह घर-बार छोड़कर यहां आ गया। उसका लड़का आर्मी सिगनल कोर में मेजर हो गया था। साल में एक बार वह छुट्टी में आता था यहीं धर्मशाला में ही ठहरता था। सभी कर्मचारी उसे बहुत सम्मान देते थे। सभी के लिए वह गिफ्ट लाता था। करमा सेवा भाव से वहां काम में जुटा रहता था। मुझे वह आज संतुष्ट दिख रहा था। उस दिन मुझे जो आंतरिक खुशी मिल रही थी उससे मैं पूर्णरूपेण भीग चुका था। इसी बीच 'बारात उठ रही है' का शोर होने लगा। मैं उठ पड़ा, अब मेरे कानों तक शहनाई की धुन भी पहुंच रही थी। मेरे कदम स्वतः गंतव्य स्थल की ओर बढ़ने लगे।

৩৩

एक थी अनुराधा

अनुराधा ने कोठी के अहाते में कई चक्कर लगाये। उसने 'जलमहल' छोड़ने का अंतिम फैसला कर लिया था। होशंगाबाद के एस०पी० को उसने सूचना भी दे दी थी। उन्होंने कहा 'पुलिस डिपार्टमेन्ट ने आपको क्लीन चिट दे दी है। आप कहीं भी जा सकती हैं।'

अनिरूद्ध की मृत्यु को पन्द्रह दिनों से ज्यादा हो गये थे। उसकी मौत अचानक हार्ट अटैक से हो गयी थी। अनिरूद्ध के पुत्र अमूर्त वर्मा ने अनुराधा पर उसके पिता को जायदाद और पैसे के लिए जान से मारने का आरोप लगाया था तथा भोपाल से आकर होशंगाबाद कोतवाली में एफ०आई०आर० दर्ज करवाई थी। लेकिन डाक्टरों की मेडिकल रिपोर्ट ने मृत्यु का कारण दिल का दौरा बताया था। मेडिकल रिपोर्ट के आधार पर पुलिस ने अनुराधा को क्लीन चिट दे दी थी। पुलिस को अनुराधा के खिलाफ कोई साक्ष्य न मिलने के कारण उसे अब कहीं भी जाने की छूट थी।

अनिरूद्ध वर्मा रिटायरमैंट के बाद भोपाल छोड़ कर अपनी पुश्तैनी कोठी 'जलमहल' में आकर रहने लगे थे। रिटायरमेंट से पाँच वर्ष पहले ही उनकी पहली पत्नी अल्पना की कैंसर से मौत हो गई थी। उसके एक वर्ष बाद ही उसने अनुराधा अस्थाना जो झाँसी के प्रतिष्ठित कालेज में प्रिंसपल थी, विवाह कर लिया था। अनुराधा अस्थाना ने पचास वर्ष तक विवाह नहीं किया था। उन्हें लगता था कि उनकी अभिरूचि का कोई दूसरा बंदा मिलना मुश्किल था। उसका यह सोचना काफी हद तक ठीक भी था।

उसका रूप रंग काफी सुंदर था तथा विचार एवं शौक काफी अच्छे एवं परिष्कृत। खान-पान संतुलित एवं पूर्णतया शाकाहारी। उसकी प्रिय पुस्तक 'मैड्म बोवारी' थी। दूसरी उसकी पसंदीदा प्रिय अंग्रेजी उपन्यासकार थी–जेन आस्टिन। जेन आस्टिन की 'प्राईड एण्ड प्रिज्युडिस' तथा 'एम्मा' उसने कई बार पढ़ी थी। उसे जेन आस्टिन का यह मूलमंत्र कि 'शादी बिना प्रेम के निष्फल है और प्रेम बिना विवाह के अधूरा है।' आज की 21 वीं शताब्दी में भी उसे उचित लगता था।

अनुराधा की अनिरूद्ध वर्मा से मुलाकात एक सुखद संयोग थी। अनिरूद्ध किसी

कार्यवश भोपाल से झाँसी बाम्बे एक्सप्रेस से ए सी फर्स्टक्लास में यात्रा कर रहे थे तथा उसी कम्पार्टमेंट के उसी कूपे में अनुराधा अस्थाना भी यात्रा कर रही थीं। अनिरूद्ध यात्रा के दौरान हिन्दी-अंग्रेजी की पाँच-छह पत्रिकाएं लेकर चलते थे। यात्रा में पढ़ना और काफी पीना और फ्राइड काजू टूँगना उनको बहुत रूचिकर लगता था। अनुराधा ने यात्रा के दौरान अपना उपन्यास 'चौरंगी' समाप्त किया। उसकी नजर अनिरूद्ध की मैगजीनों के देर पर पड़ी। वह 'इण्डिया टुडे' माँग कर पढ़ने लगी। एक घंटे बाद दोनों का बातों का सिलसिला यूँ शुरू हुआ कि झाँसी आते-आते यह अतरंगता में बदल गया।

अनुराधा की स्मृति की डायरी के पन्ने एक के बाद एक पलटने लगे। अनिरूद्ध और अनुराधा की फोन पर बातों का सिलसिला कई महीनों तक चला। अनिरूद्ध भोपाल में सुपरिनटेंडिंग इंजीनियर के पद पर सिंचाई विभाग में कार्यरत थे। अनिरूद्ध के जीवन में अल्पना की मृत्यु के बाद एक खालीपन सा आ गया था। अनिरूद्ध और अल्पना के एक ही लड़का था किन्तु उसकी अपने पिता से बिल्कुल नहीं बनती थी। अनिरूद्ध ने अपने प्रभाव से उसे आर्किटेक्ट एण्ड इन्टीरियर डेकोरेशन की कई डिग्रियाँ दिलवा दी थीं। भोपाल में अपना निजी काम अमूर्त वर्मा ने शुरू किया और उसमें उसे सफलता भी मिली। लेकिन पिता से उसकी दूरी बढ़ती ही गई। अनिरूद्ध के शादी के फैसले को उसने एक सिरे से खारिज कर दिया था। अनिरूद्ध और अनुराधा की शादी भोपाल में एक बहुत ही सादे समारोह में हो गई। लेकिन उसमें अमूर्त वर्मा शामिल नहीं हुआ। उसकी नाराजगी जग जाहिर थी।

भोपाल का सरकारी आवास भोपाल ताल के दूसरी तरफ विधायक निवास के पास एक छोटी सी पहाड़ी पर स्थित था। शादी के बाद अनुराधा भोपाल के इसी आवास में रहने लगी थी। उसने झाँसी में रेडियन्ट इंटरनेशनल कालेज की प्रिंसपलशिप से इस्तीफा दे दिया था। उसका एक नया जीवन शुरू हो रहा था। अनिरूद्ध ने उसे भरपूर प्यार विश्वास एवं जीने की चाहत दी थी। उस आलीशान बंगले के लान पर दोनों रात्रि में कई-कई घण्टे बतियाते रहते थे। कभी-कभी रात्रि में भोपाल ताल में सिंचाई विभाग के स्टीमर-वोट पर बैठकर दोनों घूमते तथा चाँदनी रात्रि का लुत्फ उठाते। शादी के पहले तीन साल चुटकियों में गुजर गये। अनिरूद्ध जब रिटायर हुए तो उन्हें फॉरेन-एसाइनमेंट मिला किन्तु अनिरूद्ध ने उसे अस्वीकार कर दिया। वे 2011 में अनुराधा के साथ होशंगाबाद की अपनी

विशाल पुश्तैनी कोठी 'जलमहल' में आकर रहने आ गये। अमूर्त वर्मा, अनुराधा को नापसंद करता था। अनुराधा ने उसे अपरोक्ष रूप से काफी समझाने की कोशिश की। किन्तु वह असफल रही। अमूर्त भोपाल में अनिरूद्ध द्वारा खरीदे एक पाँच मंजिला बिल्डिंग के पांचवें माले के फ्लैट में रहने लगा। अनुराधा को उसके ऊपर सौतेली माँ का टैग लगाना बिल्कुल अच्छा नहीं लगता था। अनिरूद्ध भी अमूर्त को लेकर काफी मानसिक द्वन्द में रहता किन्तु अनुराधा को इसका कतई जिम्मेदार नहीं मानता था। अमूर्त की तरह-तरह की खबरें अनिरूद्ध के मित्रों से बराबर मिलती रहती थी। ऐसा लगता था कि उसे साइकियाट्रिक की जरूरत थी। लेकिन इस दिशा में कुछ हो न सका।

अनिरूद्ध के कुछ सीधे प्रश्न थे क्या माँ-बाप को अपने तरह से जीने का अधिकार नहीं है ? क्या माँ-बाप बच्चों के लिये मात्र पैसा पैदा करने की मशीन है ? क्या उनका धर्म केवल अपने बच्चों के जीवन भर की व्यवस्था करना ही है ? अक्सर आवेश में अनिरूद्ध इस तरह के प्रश्न अनुराधा के सामने रखता और उससे उचित एवं न्यायसंगत जवाब माँगता। अनुराधा उसके अन्तर के दर्द को समझती और चुप रह जाती। लेकिन अमूर्त के केस में–दर्द बढ़ता गया ज्यों-ज्यों दवा की।

अनिरूद्ध वर्मा के दादा होशंगाबाद के जर्मींदार थे और एक नामी-गिरामी हस्ती। मध्य प्रदेश में उनकी अपनी पहचान थी। मुख्यमंत्री पं० रविशंकर शुक्ल भी उन्हें बड़ा सम्मान देते थे। अनिरूद्ध वर्मा के पिता पुलिस कप्तान थे। उनकी मृत्यु काँगो में हुई जब वह भारतीय उच्चायुक्त के कार्यालय में कार्यरत थे। होशंगाबाद में उनकी कोठी पवित्र नर्मदा के काफी निकट थी। लेकिन वह काफी ऊँचाई पर बनी थी। बरसात में जब हर साल बाढ़ आती तो आसपास के सभी कच्चे-पक्के मकान डूब जाते और कुछ ध्वस्त भी हो जाते थे। किन्तु वर्मा जी की कोठी जल के बीच पहाड़ की तरह खड़ी रहती थी। इसीलिये वहाँ के लोगों ने उसका नाम 'जलमहल' रख दिया था। पाँच एकड़ में पत्थरों से बनी कोठी अपने आप में स्थापत्य का एक अद्भुत नमूना थी। उसके अन्दर मंदिर, कुँआ, तालाब, बाग-बगीचे और लगभग इक्यावन कमरे थे। आज के बाजार भाव को मानें तो 'जलमहल' की कीमत लगभग 100 करोड़ रूपये थी।

किसी समय खानसामे को मिलाकर 'जलमहल' में लगभग चौबीस कर्मचारी थे। लेकिन धीरे-धीरे घटकर यह संख्या पाँच-छह पर आकर टिक गई थी। अब जमुनियां, राघव एवं

धीरू आदि कोठी की देखभाल हेतु नियुक्त थे। जमुनिया बाई सबसे पुरानी कर्मचारी थी। उसे बाद राघव था, जो सिक्योरिटी इंचार्ज था। ये दोनों अनुराधा के 'जलमहल' छोड़ने के निर्णय से आहत थे। उनको यह भी अच्छा नहीं लग रहा था कि वह सब कुछ-सुई से लेकर 'जलमहल' तक लिखित रूप में अमूर्त वर्मा को सौंप कर जा रही थीं। अनुराधा ने वर्मा परिवार के पुराने एवं विश्वसनीय वकील को रविवार को कोठी में बुलाया था। अनुराधा अपने साथ केवल दो ट्रॉली बैग एवं एक कार्टन जिसमें किताबें आदि थीं ले जा रही थी। रविवार की शाम वह वापस झाँसी जा रही थी। वकील सा'ब, अनिरूद्ध के कुछ मित्र, कर्मचारी एवं विशेष रूप से अमूर्त वर्मा को आमंत्रित किया गया था। वास्तव में यह एक फेयरवेल पार्टी थी जो अनुराधा ने अपनी विदाई हेतु स्वयं ही आयोजित कर रही थी।

झाँसी में अनुराधा को फिर से एक नया घर, एक नयी गृहस्थी बसानी थी। जब वह वहाँ प्रिंसपल थी तो कालेज की तरफ से उसे एक काफी बड़ा बंगला मिला हुआ था। किन्तु उसमें तो अब एक नई प्रिंसपल मिस पद्मा सरकार रह रही थीं। फिर वह वहाँ अब कोई कर्मचारी न थीं। उसके अपने एकाउन्ट में चालीस लाख रूपये थे। इसके अतिरिक्त कुछ अन्य पालिसीज तथा एफ०डी०आर० भी थे। उसने सोचा कि वह अपने शेष जीवन के लिए एक छोटा सा मकान खरीद ले। लेकिन उसके भाई का एक छोटा सा दो मंजिला मकान सदर बाजार के सिविल लाइन्स एरिया में था। वास्तव में वह अस्थाना परिवार का पुश्तैनी मकान था जिसको माँ-बाप की मृत्यु के बाद अनुराधा ने अपने भाई निशांत के नाम कर दिया था। निशांत न्यूजर्सी से अनिरूद्ध की मृत्यु पर नहीं आ सका था। जब उसे अनुराधा के झाँसी लौटने की बात मालूम हुई, उसने अनुराधा दीदी से अपने सदर वाले मकान में रहने का आग्रह किया। अनुराधा की देखरेख हो जायगी और उसके वहाँ रहने पर उसकी मकान की हुलिया बदल जायेगी। यह सोचकर उसने अपनी पुरानी मित्र मिसेज दत्ता से अपने मकान की सफाई तथा रंगाई पुताई का आग्रह किया था। मिसेज दत्ता ने शर्त रखी थी कि जब तक उसका मकान रहने लायक साफ-सुथरा नहीं हो जाता अनुराधा उसके घर पर ही रहेगी। इधर मिसेज दत्ता ने एक इन्टीरियर डेकोरेटर को सदर बाजार वाले मकान की रिपेयर, पेटिंग और सेनिटरी वर्क के लिये ठेका दे दिया था।

माँ-बाप की एक के बाद एक अचानक मृत्यु हो जाने पर निशांत को पढ़ाने लिखाने और अपने पैरों पर खड़ा करने

की सारी जिम्मेदारी अनुराधा पर आ पड़ी थी। अनुराधा ने इसका निर्वाह बड़ी मेहनत और ईमानदारी से किया। निशांत को साफ्टवेयर इंजीनियर बना दिया। निशांत पहुंच गया न्यूजर्सी। दो साल बाद निशांत ने लिन्डा शार्प से शादी कर ली। आज इनके एक लड़का है। किन्तु काम का बोझ इतना, जिम्मेदारी इतनी की सात साल से निशांत अपने वतन नहीं आ सका था। वह अपने परिवार को भी समय नहीं दे पा रहा था। आज उसके रिश्ते लिन्डा से भी तनावपूर्ण थे। अनुराधा दीदी की त्रासदी में भी वह शामिल नहीं हो सका था। अमेरिका से उसका मोह भंग हो रहा था।

आखिर विदाई का दिन भी आ गया। 'जलमहल' के हाल में लोग इकट्ठे होना शुरू हो गये। सबसे पहले ब्रीफकेस लिये जतिन चक्रवर्ती आये जो वर्मा फैमिली के वकील थे। फिर बैंक मैंनेजर, अनिरूद्ध के मित्र, कुछ प्रतिष्ठित पड़ोसी तथा नये-पुराने 'जलमहल' के कर्मचारी आये। हाल में लगभग सौ लोगों के बैठने की व्यवस्था थी। अनुराधा, श्वेत परिधान में आयी तथा सभी का हाथ जोड़कर अभिवादन किया। फिर दीवार के बीचों-बीच लगी अनिरूद्ध को फोटो को गुलाब एवं चंदन की माला पहनायी। अमूर्त वर्मा अभी तक नहीं आये थे। सबको उनका इन्तज़ार था। काफी देर हो गयी। अनुराधा ने सबको चाय आदि सर्व करने को कहा। अन्ततोगत्वा अनुराधा खड़ी हुई और बोलना शुरू किया–'जलमहल' में बिताया समय मेरे जीवन का स्वर्णिम काल था। अनिरूद्ध की मैं बहुत-बहुत आभारी हूँ ओर जीवन पर्यन्त ऋणी रहूँगी। उनके बिना मेरा अस्तित्व यहां शून्य है। अमूर्त के प्रति मुझे प्रगाढ़ स्नेह है और मैंने यहाँ का सब कुछ अमूर्त वर्मा को विधि और नियमानुसार हस्तान्तरित कर दिया है। वकील सा'ब अभी आपको पढ़कर विस्तार से सुनायेंगे। लौकर की चाबी बैंक मैंनेजर साहब वकील साहब को सील्ड बॉक्स में सौपेंगे जो ने अमूर्त वर्मा को दे देंगे।

मैं 'जलमहल' के कर्मचारियों की भी बहुत आभारी हूँ जिन्होंने वर्षों वर्मा खानदान की ईमानदारी और वफादारी से सेवा की है। उनके लिये कुछ तोहफे हैं जो मैं अपने हाथों से उन्हें दूंगी। अनिरूद्ध के मित्रगण यहाँ के पड़ोसी तथा अन्य सभी की मैं हृदय से आभारी हूँ। आगे मेरे पास कहने को कुछ नहीं है।' यह कह कर वह धीरे से अपनी कुर्सी पर बैठ गई। कुछ क्षड़ों बाद वकील साहब ने एक के बाद एक वसीयत तथा खानदानी जमीन जायदाद के स्वामित्व के कागजातों को पढ़ा और विस्तार से समझाया। बैंक मैंनेजर ने दस्तखत लेकर

चाबियाँ तथा कागज वकील साहब को सौंपे। कुछ मित्रों तथा पड़ोसियों ने अनुराधा वर्मा को गुलदस्ते तथा कुछ गिफ्ट दिये। अंत में अनुराधा वर्मा ने कर्मचारियों को एक-एक गिफ्ट तथा दस-दस हजार रूपये नगद भेंट किये। इस तरह जीवन के एक महत्त्वपूर्ण अध्याय की समाप्ति हुई।

बॉम्बे एक्सप्रेस लगभग सही वक्त पर आयी। कुली ने मैडम का सामान फर्स्ट एसी में रख दिया। गाड़ी नियत विराम के बाद चल दी। अनुराधा को सहज होने में कुछ वक्त लगा। स्थान-जगह सब दूर होता जा रहा था। इत्तफाक से यह वही कोच वही कूपा तथा वही ट्रेन थी जिसमें अनुराधा की पहली मुलाकात अनिरूद्ध से हुई थी। पहली मुलाकात और रूखसत एक ही स्थान और एक ही बिन्दु पर हो-ज़िन्दगी में ऐसा इत्तफाक कम ही देखने को मिलता है। गाड़ी सीटी देती हुई पटरियों पर तेजी से दौड़ रही थी। गाड़ी को झाँसी सुबह पहुंचना था।

अनुराधा की नींद सुबह पाँच बजे ही खुल गयी। ललितपुर स्टेशन पर एक कप चाय पी और बर्थ पर टेक लगा कर बैठ गयी। सुबह सात बजे झाँसी आ गया। अनुराधा को स्टेशन पर रिसीव करने मिसेज दत्ता अपने पति के साथ आयी थी। मिसेज दत्ता अनुराधा को अपने घर ले गई तथा एक सप्ताह उनकी मेहमान रही।

अनुराधा को अपने घर में आये धीरे-धीरे एक महीना हो गया था। उसने घर को काफीकुछ सुसज्जित कर लिया था। किन्तु अक्सर उसे अकेलापन काटता रहता था। उसने एक मिशनरी की बिली डी० कोस्टा को घर में केयर टेकर के बतौर रख लिया था। मिसेज दत्ता से मिले काफी दिन हो गये थे। अनुराधा ने मिसेज एण्ड मि० दत्ता को डिनर पर बुलाया। डी० कोस्टा ने बहुत सुन्दर इंतजाम किया था। डिनर चल रहा था कि निशान्त का फोन आया। अनुराधा डिनर छोड़ कर गयी और फोन उठाया-'दीदी, मैं बुधवार को दिल्ली पहुँच रहा हूँ। मेरे साथ शेखर भी आ रहा है। मैं फाइनली वैग एण्ड वैगेज आ रहा हूँ। दीदी अब अमेरिका को बाय-बाय।' अनुराधा कुछ प्रत्युत्तर में कहती या पूछती तब तक फोन कट गया। उसकी आँखों से आँसुओं की बरसात होने लगी। दीवाली आने में अभी काफी दिन थे किन्तु लड़के लोग बाहर पटाखे दाग रहे थे।

वे थ्री इडियट्स

तीन मित्र सुबह पाँच बजे रोज चौराहे पर मिलते थे, फिर नेहरू उद्यान तक मार्निंगवाक पर जाते थे। यह सिलसिला कई सालों से चला आ रहा था। नेहरू उद्यान का दायरा लगभग दो मिलोमीटर तक फैला था। तीनों मित्र चालीस-पैतालिस मिनट यहाँ टहलते और उद्यान के कई चक्कर लगाते। यहाँ आने वालों के अपनी रूचि के अनुसार कई ग्रुप भी बने हुये थे। लाफ्टर ग्रुप, योगा ग्रुप, एथलीट ग्रुप, भजन मण्डली आदि-आदि। ये तीनों मित्र कभी-कभी योगा ग्रुप या लाफ्टर ग्रुप में बैठ जाते और अपने-आप को लाइट कर लेते। बरगद के पेड़ के नीचे राम, लक्ष्मण एवं सीता की पत्थर में तराशी सुन्दर मूर्तियां उद्यान की सजावट के लिए स्थापित कर दी थी। उद्यान के बीचों-बीच नेहरू की आदमकद मूर्ति भी आकर्षण का केन्द्र थी। अक्सर घूमकर आने वाले कुछ स्त्री-पुरूष बरगद की छाँव में बैठकर भजन गाने लगते थे। स्वास्थ्य के साथ-साथ लोगों का मीटिंग प्लेस भी नेहरू उद्यान बन गया था।

सुरजीत, अनूप और अरूण इन तीनों मित्रों में कई समानतायें थीं। सरदार सुरजीत हौजरी का बिजनैस करते थे। अनूप सेवानिवृत्त राज्य कर्मचारी थी और अरूण खत्री ने बैंक से कुछ साल पहले ही रिटायरमेंट ले लिया था। तीनों ही साठ से ऊपर पहुँच गये थे। तीनों के बच्चे नौकरी या व्यापार के सिलसिले में बाहर सुदूर रहते थे।

उनके रास्ते में एक भामा का चौराहा पड़ता था जहाँ भामा टी स्टाल था। भामा टी स्टाल सुबह छः बजे से खुल जाता था। दो लड़के भट्टी में कोयला डालकर उसे जलाने के उपक्रम में लग जाते। एक कोयला तोड़कर डालता दूसरे हाथ से ताड़ के पत्ते के बने पंखे से हौंकता जब तक भट्टी आग न पकड़ ले। भामा दूध का भगौना निकालता तथा अलमूनियम के हैण्डिल लगे पैन में आठ-दस कप पानी डालकर चढ़ा देता। फिर अदरख, इलाइची चाय की पत्ती और दूध आदि डाल कर चाय बनती। तब तक दो-चार चाय के ग्राहक उसके स्टाल के सामने पड़ी बैंच पर बैठ जाते। भामा टी स्टाल रोडवेज की गुजरने वाली हाइवे की बस कंडक्टरों में भी काफी लोकप्रिय हो गया था। यह स्टाल शहर के प्रवेश द्वारा पर ही था। स्टाल के मालिक सुरेन्द्र साहू भामा के नाम से ही जाने जाते थे। उनका असली नाम शायद ही कोई जानता हो। उनके भामा नाम को

लेकर कई किस्से मशहूर थे। किन्तु इस समय उन किस्सों को लेकर किस्सागोई करना ठीक नहीं होगा। आइये उन तीन मित्रों की ओर एक बार फिर मुखातिब हों।

सरदार सुरजीत का इस छोटे से कस्बे में रेडीमेड गारमेंट्स का चलता हुआ बिजनैस था। दिल्ली और लुधियाना से रेडीमेड गारमेंट्स लाते और अच्छे मुनाफे के साथ यहाँ बेच देते। सुरजीत बदलते हुये फैशन की डिमाण्ड के अनुसार ही कपड़े लाते थे। धीरे-धीरे यह छोटी से दुकान सरदार गारमेन्ट्स इम्पोरियम के नाम से यहाँ के मुख्य बाजार में लोगों की पहली पसंद बन गई। सुरजीत ने पाँच-छः कर्मचारी रख लिये थे तथा शो रूम के हर काउन्टर पर वे सजे-धजे खड़े रहते थे। ग्राहकों से बड़ी विनम्रता से पेश आते और नये-नये फैशन के नये-नये परिघारो के बारे में उन्हें विश्वास में लेते। लेकिन पिछले दो तीन साल से ऐसा मंदी का दौर चल कि मुनाफा धीरे-धीरे घटने लगा। सुरजीत ने कई कर्मचारियों की छुट्टी कर दी और कई काउन्टर को वह खुद ही देखने लगा। सुरजीत का बेटा जगजीत बी०काम० करने के बाद अपने पिता का हाथ बँटाने लगा। सुरजीत ने अपने इकलौते बेटे की शादी लुधियाना की एक बिजनेस फैमिली की सुंदर लड़की से कर दी। जगजीत अपने व्यापार को फैलाना चाहता था और बैंक से फाइनैन्स की बात कर रहा था। किन्तु सुरजीत लोन आदि लेने के खिलाफ था। कुछ दिन तक बाप-बेटे में कश्मकस चलती रही। आखिर में जगजीत ने अपने बलबूते पर लुधियाना में गारमेंटस मैंनुफैक्चरिंग की एक युनिट डाली और सपरिवार लुधियाना शिफ्ट हो गया। सुरजीत तथा उसकी पत्नी सरदारनी हरजीत कौर ने वहाँ जाने से इन्कार कर दिया। सरदार सुरजीत अपने रेडीमेड गारमेन्ट्स के बिजनैस में पूर्ववत लगे रहे। लेकिन धीरे-धीरे व्यापार से वह निष्क्रिय होने लगे और अर्थोपार्जन निष्प्रयोजन लगने लगा। उन्होंने शोरूम के आगे किल्यरैंस सेल का बैनर लगा दिया महीने भर बाद दुकान बंद कर दी। ज्यादातर समय गुरूद्वारे में देने लगे। सुबह पहुँचकर साफ सफाई करना पाठ करना तथा लंगर बनवाने में योगदान देना तथा अपना समय गुरूद्वारे में व्यतीत करने लगे। अपने शोरूम को किराये पर दे दिया। लेकिन सुबह का टहलना पूर्ववत जारी रहा।

अनूप प्लानिंग डिपार्टमैंट में सैक्शन आफिसर रहे थे। योजना भवन में सरकारी योजनाओं में धन का ऑवंटंन, कार्य का संपादन और परदे के पीछे की बंदरबाट के साक्षी रहे थे। लेकिन अब वे इस सबसे दूर रहना चाहते थे तथा अपने

डिपार्टमैन्ट की कोई बात नहीं करते थे। वे कई बार यह सोचते थे कि विश्व-भ्रमण किया जाये। कई बार सोचा कि चारों धाम न सही कम से कम बद्रीनाथ तथा केदारनाथ की ही धार्मिक यात्रा कर ली जाये। इत्तिफाकन, वहाँ बाढ़ तथा भूस्खलन से ऐसी तबाही मची कि वह इरादा भी छोड़ना पड़ा। उनका लड़का हर्ष मानेसर के मारूति प्लान्ट में काम करता था। उसकी मुलाकात एक थाई टूरिस्ट से हो गई जो कि बौद्ध अनुयायी थी। उसके साथ वह सारनाथ, कपिलवस्तु घूमने गया। लेकिन साथ-साथ का यह पर्यटन बढ़ता ही गया। हर्ष ने एक दिन अनूप को बताया कि उसने नौकरी छोड़ दी है तथा बनारस में फिलहाल रह रहा है। अनूप को समझ में नहीं आया कि आखिर हर्ष किस दिशा में जा रहा है। वह टूरिस्ट कौन है ? अनूप का दिमाग खनका, उसे लगा कि कुछ अनोखा हो रहा है। उसने सोचा कि वह बिना प्रोग्राम बताये हर्ष के पास बनारस जायेगा। वह भी देखे कि क्या खिचड़ी पक रही है।

अरूण खत्री विजया बैंक में अधिकारी थे। वे ग्रेड श्री में अधिकारी थे। पिछले दस साल से वह इस शहर में ही पोस्टेड थे। अच्छी पगार अच्छा बंगला, अच्छी गाड़ी एक छोटा सुखी परिवार था। परिवर में पत्नी के अतिरिक्त एक-एक पुत्र एवं पुत्री थे। लड़का राजीव बड़ा था वह बी०टेक और एम०बी०ए० करके बैंगलौर में पोस्टिंग पा गया था। लड़की इला एम०काम० (फाइनेंस) कर रहीं थी। अरूण खत्री जी के अच्छी खासी चलती ज़िन्दगी की गाड़ी में दो झटके ऐसे लगे कि गाड़ी अचानक रुक गयी।

एक दिन इला अपनी स्कूटी में यूनिवर्सिटी से लौट रही थी कि एक मोड़ पर एक मोटर साइकिल से टक्कर हो गई। जान तो बचगई लेकिन रीढ़ की हड्डी के कई आपरेशन हुये। डाक्टरों ने आश्वासन दिना कि छः महीने बाद ये चल फिर सकेगी। लेकिन एक साल बाद भी इला चल नहीं सकी। एक नर्स स्थायी रूप से रख ली गई। पढ़ाई में ब्रेक लग गया। सदमें से अरूण बीमार हो गये। सब कुछ ठीक होते-होते एक साल लग गया। लेकिन इला की स्थित वैसी की वैसी रही। उधर राजीव बंगलौर से घर बार-बार नहीं आ सकता था। उसने वही एक दक्षिण भारतीय लड़की से शादी कर ली। किन्तु अरूण खत्री नहीं गये। उनकी गृहस्थी की स्पीड़ पर ब्रेक लग गया। अरूण जी ने बैंक से वी०आर०एस० ले लिया। स्वतंत्र रूप से फाइनैनसियल एडवाईजर का कार्य करने लगे।

उस दिन सुबह का वक्त था-तीनों मित्र मार्निंग वाक

के दौरान मिले। अरूण, अनूप तथा सुरजीत नेहरू उद्यान में घुसते ही जॉगिंग करने लगे। अरूण ने महसूस किया कि आज सुरजीत और अनूप चुपचुप थे। खैर-आधे घंटे बाद थक कर तीनों बरगद के चारों ओर बने गोलाकार चबूतरे पर बैठ गये। अरूण से रहा नहीं गया वह पूछ बैठा 'सुरजीत क्या गल है, आज बड़े खामोश हो तुम दोनों।'

'अजी ऐसी कोई बात नहीं है पॉजी'-थोड़ी देर बाद अनूप बोला 'अरूण जी हम दोनों दो हफ्ते के लिये बाहर जा रहे हैं।'

अरूण उन दोनों की ओर देखता रहा फिर बोला 'हूँ'।

सुरजीत को लगा कि अरूण अभी भी कुछ कन्फ्यूजन में है। अतः वह गला साफ करके बोला 'अजी ! हम लोग अपने पुत्तर के पास हालचाल लेने जा रहे हैं। एक महीना भी लग सकता हैं और एक हफ्ते में भी लौट कर आ सकते है।' अरूण का मुँह लटक गया। अरूण बोला 'कल से घर पर ही एक्सरसाइज कर लूँगा। यहाँ अकेला मैं नहीं दौडूँ-भागूँगा।'

अनूप बोला 'नहीं-नहीं सेहत के लिये 30-40 मिनट मार्निंग वाक में क्या प्राब्लम है।' अरूण कुछ नहीं बोला। तीनों चुपचाप लौट पड़े। इस घटना को कई हफ्ते हो गये। अरूण ने मार्निंग वाक पर जाना बंद कर दिया। अब वो मुँह ढक कर आठ बजे तक सोता था। और उसका दिन नौ-दस बजे से शुरू होता था।

सुरजीत और हरजीत आखिर लुधियाना पहुँच गये। अपने साथ लखनऊ की रेवड़ी, चिकन के सूट लजीज मिठाईयों के डिब्बे आदि-आदि लेकर पहली बार लड़के के घर जा रहे थे। जगजीत कार लेकर स्टेशन समय पर पहुँच गया। चंड़ीगढ़-लखनऊ मेल एक घंटे लेट थी। खैर गाड़ी पहुँची और जगजीत ने अपने पापा मम्मी को रिसीव किया तथा कार में बैठाकर घर ले आया।

लगभग शहर के बाहर एक दुमिंजला मकान था। बेसमेंट में कार पार्किंग तथा ग्राउन्ड फ्लोर पर वाचमैन के लिये गेट पर ही कवर्ड सिटिंग प्लेस था। व्यवस्था पुख्ता थी। हाँ-आस पास अभी आबादी कम थी। एक-दो दिन जगजीत ने पापा मम्मी के लिये समय निकाला। लेकिन फिर ऐसा संभव नहीं हो सका। जगजीत सुबह नौ बजे अपनी मैनुफैक्चरिंग यूनिट में पहुँच जाता था तथा दस बजे सिमरन कौर, जगजीत की पत्नी भी रिटेल के अपने शोरूम में पहुँच जाती थी। शाम नौ-बजे तक दोनों

65

घर आते थे। घर से गुरूद्वारा, बाजार तथा पार्क आदि काफी दूर थे। सुरजीत दिनभर अखबार पढ़ता सरदारनी दिन में कई बार टी०वी० खोलती और बंद करती। कभी-कभी वह घर की देखभाल करने वाली अघेड़ महिला चाँदनी राय से बातचीत करती। चाँदनी राय के पति जगजीत की मैनुफैक्चरिंग यूनिट में सुपर वाईजर थे अचानक एक साल पहले चल बसे थे।

सुरजीत और उसकी पत्नी हरजीत कुछ दिन बाद ऊबने लगे। सिमरन को यह महसूस हुआ वह अपनी सास से बोली 'आप मेरे साथ कल से मेरी शाप पर चलो। आप का मन बदल जायेगा वहाँ की चहल पहल देखकर।' जगजीत को मालूम हुआ तो वह बोला 'पापा को मैं अपने मैनुफैक्चरिंग यूनिट में ले जाऊँगा।' अगले दिन काफी तैयारी के साथ दोनों माँ-बाप अलग-अलग दिशाओं में सुबह से निकल पड़े।

हरजीत दिनभर कुछ-कुछ टूँगती रही। शॉप में टी०वी० देखती तथा कभी-कमार भीड़-भाड़ तथा कस्टमर पर भी नजर फेंक देती। रेडीमेड गार्मेट्स का शोरूम रौक्साना मॉलके फर्स्ट फ्लोर पर था। दिनभर रौनक ही रौनक थी। उधर सुरजीत पहली बार मैनुफैक्चरिंग यूनिट में गया था। ऑफिस से सटा हुआ काफी बड़ा हाल था जिसको अट्ठारह कम्पार्टमेंट में बाँट रखा था। डिजाइनिंग से लेकर पैंकिग तक एक ही छत के नीचे होती थी। सुरजीत ने अपने बेटे के साथ एक राउन्ड लिया और फिर आकर दीवान पर बैठ गया। दोपहर में बढ़िया खाना आया। शाम को एक बड़ा गिलास लस्सी पिया। बाकी समय हिन्दी तथा गुरूमुखी का अखबार पढ़ता रहा एक-दो झपकी भी दीवान पर ही ले ली। लेकिन सरदार सरदारनी का यह सिलसिला बहुत दिन चल नहीं पाया। उन लोगों ने एक महीने बाद ही लौटने की ज़िद पकड़ ली। हम तो अपनी डयोढ़ी पर ही मरेंगे।

अनूप ने एक दिन अचानक मन बना लिया कि वह बनारस जाकर खुद ही पड़ताल करेगा कि आखिर हर्ष नौकरी छोड़ कर वहाँ कर क्या रहा है। काशी-विश्वनाथ एक्सप्रैस से सुबह-सुबह ही वह बनारस पहुँच गया। वेटिंग-रूम में अपने को दिनभर के लिये तैयार किया और रेलवे कैटीन में नाश्ता किया। फिर सारनाथ के लिये एक टैक्सी ली और पहुँच गया। लेकिन अनूप को हर्ष के गैस्ट हाउस का पता नहीं मालूम था। सारनाथ के बौद्ध बिहार के उत्तर में अन्तर्राष्ट्रीय लायब्रेरी की ओर वह बढ़ने लगा। उसे आगे सुनहरे बालों वाली एक विदेशी

महिला एक युवक के साथ जाती हुई दिखाई दी। अनूप ने जल्दी-जल्दी कदम आगे बढ़ाये। कुछ नजदीक आने पर उसने हर्ष को पहचाना। हर्ष के साथ वह विदेशी अधेड़ महिला थाईलैंड या जापान की लग रही थी। अचानक अपनी तरफ अपने पापा को आता हुआ देखकर हर्ष अचंभित सा हो गया। उसने रुक कर तुरन्त अपने पापा का अभिवादन किया। हर्ष विस्मय से बोल उठा-'पापा आप यहाँ..... बिना कोई सूचना !'

'एक दिन एकाएक मेरे दिमाग में आया कि हर्ष को सरप्राईज दिया जाय। और वाराणसी का भ्रमण भी किया जाये।' अनूप प्रत्युत्तर में बोला।

दोनों को यूँ रुक कर बात करते देख विदेशी महिला पीछे मुड़ी और दो कदम उन लोगों की ओर बढ़ाये। हर्ष ने महिला से अपने पापा का परिचय कराया।। 'माई फादर'

उसने अनूप को देखकर दोनों हाथ जोड़ते हुये कहा-'नमस्ते'

अनूप ने प्रत्युत्तर में हाथ जोड़कर अभिवादन का जवाब दिया। हर्ष ने विदेशी महिला का परिचय पूरा करते हुये कहा 'ये हैं ली कुँवान, प्रोफेसर फिलससफी, नेशनल यूनिवर्सिटी ऑफ सिंगापुर।' इन्होंनें बौद्ध सम्प्रदाय और उसके दर्शन पर बहुत अच्छा काम किया है।

हर्ष ने ली की ओर देखकर कहा हम लोग वापस गेस्ट हाउस चलते हैं। हर्ष, ली और अनूप गेस्ट हाउस के लिये पीछे मुड़े और धीरे-धीरे चलने लगे। हर्ष काफी देर चुप रहा फिर चुप्पी तोड़ते हुये घर के बारे में अपने पापा से पूछता रहा। दस मिनट में वे इन्टरनेशनल गेस्ट हाउस पहुँच गये। गेस्ट हाउस में ली कुआन के नाम एक सूट बुक था जिसमें ड्राईंग एवं डाइनिग के अतिरिक्त बैडरूम भी थे। डॉईंगरूम में एक काले पत्थर की भगवान बुद्ध की मूर्ति लगी थी तथा उनके उपदेश के कई पोस्टर भी डिस्पले किये गये थे। सब ने साथ में लंच लिया। अनूप रात्रि में सफर करके आया था अतः वह ड्राईंग रूम में ही सोफा कम बैड पर सो गया। हर्ष और ली लायब्रेरी के लिये निकल गये वे शाम को लौटे।

अनूप दो-तीन दिन हर्ष और ली के क्रियाकलाप देखता रहा। दोनों की मित्रता अनोखी थी। दोनों सुबह-शाम काफी समय चैंटिग तथा मैडिटेशन में लगाते थे। इन दोनों के बीच कहीं भी सैक्स नहीं था। इस रिलेशनशिप को समझना अनूप के

लिये कठिन था। आखिर अनूप ने एक दिन पूछ ही लिया-'हर्ष आखिर तुम करना क्या चाहते हो-तुम्हारी ज़िन्दगी की मंजिल क्या है ? तुम्हारी ज़िन्दगी का फलसफ़ा क्या है ?'

हर्ष कुछ क्षण सोचता रहा कि आखिर कहां से शुरू करूँ। फिर धीरे-धीरे उसने कहना शुरू किया 'पापा जीवन में केवल पैसा कमाना और एक कम्फर्टेबिल जीवन जीना मेरा उद्देश्य नहीं है। मुझे इंजीनियरिंग मैनुफैक्चरिंग आदि में कोई रूचि नहीं है। जो मैनें पढ़ा वह मेरी भूल थी। मैंनें पिछले दो सालों में औरिंयटल फिलासफी पर काफी पढ़ा है' डिकाथन वाले हमारी पुस्तक 'दि एनलाइटेंड बुद्धा' इसी महीने प्रकाशित कर रहे हैं।

अनूप बात को बीच में काटते हुये बोला-'इससे तुम्हारी ज़िन्दगी चल जायेगी। ज़िन्दगी इज्जत के साथ जीने के लिये पैसा चाहिए। पैसे और इज्जत के लिये कोई रिसपैक्टबिल जॉब।'

हर्ष अपने बैडरूम में जाता है। कुछ क्षणों में वह एक ब्रीफ केस लेकर आता है। उससे तीन लिफाफे लाता है और अपने पापा के हाथों सौंप देता हैं। अनूप एक के बाद एक तीनों लिफाफे खोलता है। एक लिफाफे में नेशनल यूनिवर्सिटी आफ सिंगापुर का ऑफर लेटर-'चेयर पर्सन आफ औरियन्टल फिलासफी' तथा 25 लाख डालर का इयरली कॉट्रेक्ट का आफर। दूसरे लिफाफें में बीस लाख का चैक-इंटरनेशनल पब्लिशर्सस की ओर से हर्ष की पुस्तक के लिये। तीसरा लिफाफा बैंगकाक में लैक्चर देने का निमंत्रण तथा एयरटिकट।

अनूप हतप्रभ रह गया। उसके मन में आया कि वह पूछे-बूढ़े माँ-बाप की देखभाल कौन करेगा। क्या हर्ष शादी करेगा और घर बसायेगा ? लेकिन सारे प्रश्नों को मन की गुफा में दबा दिया। और अगले दिन वह वापस चला आया।

सुबह-सुबह 4-5 बजे का समय हो, तो नींद की मस्ती का क्या कहना। कौन ऐसी नींद को तोड़कर उठना चाहेगा। अरूण खत्री दुनिया से बेफिक्र सो रहा था। इसी बीच में खिड़की से सीटी मारने की आवाज आई। कई बार किसी ने सीटी मारी किन्तु सब बेअसर। अरूण मानो सच में सारे घोड़े बेचकर सो रहा था। लेकिन सीटी मारने वाला भी उसकी नींद को तोड़ने की ज़िद कर बैठा था। उसने खिड़की को जो बाहर की ओर खुली थी अपने हाथ से थपथपाया और फिर ओंठ गोल करके एक लम्बी सीटी मारी। अबकी बार अरूण भड़भड़ा कर उठ गया। कुछ क्षण वह असमंजस की स्थित में रहा फिर धीरे से

खिड़की खोलकर देखा तो अंधेरे में दो छाया दिखाई दी। इतने में बाहर किसी ने मोबाइल पर गुरूवाणी शुरू कर दी। अब तक अरूण को सारा नजारा समझ आ चुका था। फिर भी वह जोर से बोला 'कौन'

'हम हैं' उनमें से एक बोला।

'अच्छा तो तुम लोगों ने अब चोरी शुरू कर दी है अरूण बोला।

सुरजीत जोर से बोला 'अरे ! बाहर तो निकल।'

अरूण दरवाजा खोलकर बाहर आया तो देखा कि अनूप और सुरजीत खड़े थे। अरूण बोला 'तुम लोग कब लौटे और बताया क्यों नहीं।'

अनूप बोला 'एक घंटे से सीटी मार रहा हूँ और कैसे बताया जाता है।.... जा स्पोर्ट्स शूज पहनकर आ। मार्निंग वाक आज से फिर शुरू।'

तीनों मित्र तेज कदमों से नेहरू उद्यान पहुँचे। तीनों ने उद्यान के कई चक्कर लगाये। तत्पश्चात बरगद के विशाल वट-वृक्ष के सीमेन्टेड घेरे पर पैर लटका कर बैठ गये। अरूण रुका फिर पूछ बैठा-'ये बता-तुम लोगों का पिछले एक-डेढ़ महीने का बाहर का प्रवास कैसा रहा।'

अनूप ने सुरजीत को देखा फिर बोला 'बस ठीक ही रहा।'

सुरजीत भी बोला 'बाहर की आबो-हवा मन को भायी नहीं।'

'अब क्या सोचा है' अरूण ने प्रश्नवाचक दृष्टि बारी-बारी दोनों के चेहरों पर डाली।

दोनों ने फिर एक दूसरे को देखा। अनूप बोला हम तीनों इडियट्स के लिये इससे अच्छी जगह कोई दूसरी नहीं है।

सुरजीत बोल उठा 'बिल्कुल ठीक बोला-ज़िन्दगी में पहली बार।'

तीनों ठहाका लगा कर हँसने लगे। कुछ मिनटों बाद तीनों घर लौट रहे थे।

उनके दिन पहले की तरह कटने लगे। एक दिन तीनों इडियट्स ने सोचा, जो बीत गयी सो बीत गई, अब कुछ अच्छा किया जाये। उन्होंने अपना सब कुछ लगाकर आस ओल्डमैन्स

ट्रस्ट बनाई। अरूण, अनूप और सुरजीत तीनों के नाम के पहले लैटर से ;। शौछ्ध आस का निर्माण हुआ। इन लोगों ने पचास लाख रूपये एकत्र किये और ट्रस्ट बनायी। वरिष्ठ नागरिक तथा उन सबके जिन्हें उनके बच्चों ने बेसहारा छोड़ दिया था। आस उनकी देखभाल के लिये थी। यह निश्चित हुआ कि प्रत्येक वर्ष एक वृद्ध युगल को शेष जीवन यापन के लिये पाँच लाख रूपये दिये जायेगें। सुरजीत ने अपना तीन मंजिला घर ओल्ड एज होम को दान दे दिया।

अब अक्सर न्यूज चैनल वाले उनके इन्टरव्यू लेने आते। लेकिन उनकी जीवन शैली पूर्ववत चलती रही। एक दिन दोपहर को हवाई डाक से आसट्रस्ट के नाम एक लिफाफा आया। सुरजीत ने खोला, पढ़ा और अरूण को दे दिया, अरूण ने अनूप को पढ़कर लिफाफा दे दिया। उसका मजमून निम्न प्रकार था :

'आस ओल्ड मैन्स ट्रस्ट को वृद्ध असहाय स्त्री–पुरूषों को सहायता करने और जीवन की नयी दिशा दिखाने के लिये साऊथ ईस्ट ऐशिया सोसायटी, सिंगापुर दस मिलियन डालर का अंतराष्ट्रीय पुरस्कार प्रदान करती है।'

आखिर में उन इडियट्स ने लिफाफे को मेज पर रख दिया। फिर तीनों ने जोर से एक अट्टहास लगाई। अनूप चिल्ला कर बोला–

'आखिर, दुनियाँ ने हम तीनों इडियट्स को पहचान ही लिया।'

ॐ

एक छाँव की तलाश में

ट्रेन नई दिल्ली रेलवे स्टेशन से पहले ही आऊटर पर आकर खड़ी हो गई। उसे सिग्नल नही मिल रहा था। इंजन सीटी पर सीटी दे रहा था। यात्रीगण अपना सामान असबाब आदि समेट कर तैयार थे। कुछ बार-बार खिड़की से बाहर देख रहे थे। कुछ भुनभुना रहे थे तथा रेलवे विभाग को कोस रहे थे। ट्रेन निश्चित समय से लगभग दो घंटे लेट थी। सुबह के आठ बज चुके थे।

वह कई साल बाद दिल्ली आ रहा था। इससे पहल वह प्रेम भाई साहेब के लड़के की शादी में दो साल पहले आया था। रिटायरमैन्ट के बाद सोचा की अब वह वो नही करेगा जो करता रहा था। लेकिन एक के बाद एक सब छोड़ने पर उसे लगा कि उसे एकाकीपन ने घेर लिया है। उसने फिर पुराने कान्टैक्ट्स सजीव किये। उसी को और आगे ले जाने की इस कवायद ने उसे आज उसे दिल्ली का रास्ता दिखा दिया। प्रोफेसर भास्कर का निमंत्रण था जो जे० एन० यू० में 'महिला सश्क्तीकरण यथार्थ एवं लेखन में' पर एक सेमिनार आयोजित की जा रही थी। यह आंमत्रण उसी में प्रतिभगिता हेतु था। ट्रेन ने सीटी दी और आगे बढ़ने लगी। साढ़े आठ बजे ट्रेन नई दिल्ली रेलवे स्टेशन पर पहुँची।

सामान न के बराबर था। उसन ट्राली बैग उठाया, प्लेटफार्म स्टेशन नम्बर एक पर पहुँचा। हिन्दू पेपर खरीदा तथा कैफ़ूटेरिया में एक कप चाय और दो कटलेट खाकर सुबह की दवा खाई। सुबह का नौ बज चुका था। इनोगरल सैशन को प्रोफेसर सेन गुप्ता को संबोधित करना था। वह कैब लेकर महरौली के स्टाफ हास्टल पहुँचा वहाँ उसके परिचित प्रोफेसर भी आने थे। प्रोफेसर भास्कर, डॉ० रीता, प्रोफेसर मजूमदार आदि से कई साल बाद वह मिल रहा था। एक रोमांच भी था मिलने का और हालचाल जानने के खुशी। टैक्सी ने चालीस मिनट में पहुँचा दिया। हास्टल गेट पर वालेंटियर्स तैनात थे। उन्होंने उसे एक गुलदस्ता देकर उसका स्वागत किया तथा उसका सामान उसके कमरे तक पहुँचा दिया। कई लोगों ने उसे हाथ हिलाकर अभिवादन किया था। जिसका उसने उसी तरह प्रत्युत्तर दिया था।

औपचारिकताओं को त्यागकर, जल्दी से अपना नाम हास्टल के रजिस्टर में दर्ज कराया तथा उसने एक वालेन्टियर से रजिस्ट्रेशन फार्म लेकर भर दिया था। फिर वह पेन, डायरी,

प्रोग्राम स्डयूल आदि लेकर हास्टल के बाहर आया। वहाँ कई कारें विश्वविद्यालय ले जाने कि लिये तैयार खड़ी थी। वह कई अन्य लोगों के साथ सवार हो जे०एन०यू० के कैम्पस में पहुँचा गया। उद्घाटन सत्र बहुत अच्छा रहा। प्रोफेसर सेनगुप्ता ने स्त्री सश्क्तीकरण को लेकर कुछ नई थ्योरियों के परिपेक्ष में अनेक विचार रखे। इस के बाद लंच से पहले कई अच्छे शोध पत्र प्रस्तुत हुये।

भारतीयों में एक विशेष आदत है। जब वे घर से बाहर दो-ढाई सौ किलोमीटर भी जाते है तो वहाँ किसी पुराने मित्र या रिश्तेदार से मिलना नही भूलते है। कोई न कोई निकल ही आता है। उसके घर से दिल्ली करीब आठ सौ किलोमीटर दूर था। यहाँ उसके रिश्तेदार या मिलने वाले तो कई थे। लेकिन वह मिलना उससे चाहता था जिससे मिलकर उसे संतुष्टि मिले, एक उंमग मिले तथा एक निकटता का अनुभव हो। ऐसे मिलने से क्या लाभ-जिससे तनाव हो या ईष्या-द्वेष जाग्रत हो जाये। उसके दिमाग में जो नाम बार-बार दस्तक दे रहा था। वह था-प्रोफेसर हरमन शाह। प्रोफेसर हरमन शाह बड़ौदा में उसके पड़ोसी थे तथा उन्हें वनस्पतिशास्त्र विषय का विशेषज्ञ कहा जाता था। लेकिन आज से 20 वर्ष पूर्व पत्नी की मृत्यु के बाद बड़ौदा यूनिवर्सिटी ही छोड़ दी तथा दिल्ली में पूसा इस्ट्रीयूट ज्चाइन कर लिया। उनका पुत्र आदित्य उच्च शिक्षा हेतु कैलीफोर्निया गया था। वह पढ़ाई के बाद वहीं सैटिल हो गया। वैसे प्रोफेसर शाह को पूसा कैम्पस में रेजीडेंस मिला था। किन्तु रिटायरमेन्ट से पहले उन्होंने दिल्ली से 20 किलोमीटर दूर मथुरा रोड पर एक फार्म हाऊस खरीदा लिया था। वही पेड़ पौधों के मध्य वे रहने लगे थे।

दिल्ली में एक जगह से दूसरी जगह जाना बहुत ही दुष्कर कार्य है। वह सोचने लगा कि बिना सही पते तथा मोबाइल नम्बर के वह हरमन शाह को कैसे खोजेगा। पाँच वर्ष पहले उससे बात हुई थी। जे०एन०यू० में दूसरें दिन लंच सैशन में कुछ अच्छे शोध पत्र थे तथा देशपान्डे का व्याख्यान था। उसमें वह सम्मिलित हुआ, लंच-ब्रेक में लंच लिया। आठ-दस पुराने मित्रों से मिला उनके मोबाइल नम्बर लिये। कुछ मित्रों के पते आदि डायरी में लिखें उसने मन बना लिया कि वह वेलिडेक्टरी सैशन में शामिल नही होगा। वह शाह को ढूँढ़ेगा और उससे मिलेगा भी। दिमाग पर दिल हावी हो जाये-तब आप वही करते हो जो आप को नहीं करना चाहिये। एक टैक्सी बुलाई हास्टल का स्टे बिल अदा किया। फिर वह दिल्ली-मथुरा रोड टैक्सी से चल पड़ा।

2014 में जब शाह से बात की तो उसने बताया कि वह निर्जन जंगल में एक छोटे से फार्म हाउस में रहता है। पास में एक इंजीनियरिंग कालेज तथा उसके फार्म हाउस से दो किलोमीटर दूर एक पेट्रोल पम्प है तथा पास में एक ढाबा भी है। जब वह उस सड़क पर पहुँचा तो वह अचंभित रह गया। क्योंकि जंगल तो वहाँ था ही नहीं। बहुमंजिला इमारतों, आफिस, प्रोफेसनल कालेजों के कैम्पस आदि से पट गया था, दिल्ली-मथुरा रोड।

टैक्सी वाला एक नौजवान सरदार था। वह उसे उस रोड पर, उस ढाबे में ले गया जो उसके अनुसार एक लैंडमार्क था। ढाबे में उतर कर जब उसने ढ़ाबे के मालिक से प्रोफेसर शाह को पूछा तो उसकी आँखे चमकने लगी, एक खुशी दौड़ गयी। उसने टैक्सी ड्राईवर को रोड मैप समझाया फिर टैक्सी उसे एक बड़े से फार्म हाउस में ले गई जहाँ सन्नाटा पसरा हुआ था। कहीं कोई दिख नही रहा था। अन्दर चलते-चलते वह एक काटेज के सामने पहुँच गया। जहाँ से कुछ आवाजें आ रही थी। उसे एक रोमान्च धीरे-धीरे घेर रहा था।

वह टैक्सी से उतरा तथा कुछ कदम बढ़ाते हुये काटेज के गेट पर पहुँचा। गेट पर एक तख्तीनुमा नेम प्लेट पर लिखा था-प्रोफेसर हरमन शाह। वह पहले तो घंटी का स्विच खोजने का प्रयास करने लगा। तभी पैंट और टी शर्ट पहने एक साँवला सा आदमी आगे की ओर बढ़ता हुआ आया। इससे पहले वह कुछ प्रश्न करता ठिगना सा आदमी बोला 'मैं डिसूजा। आप किससे मिलने को माँगता।' जब वह प्रत्युतर में बोला 'वह बड़ौदा से आया है। प्रोफेसर शाह से मिलने, हम पुराने मित्र है'। यह सुनकर डिसूजा ने एक आत्मीयता से उसे अन्दर आने को कहा। वह वर्गाकार कमरा उस काटेज का ड्राईंग रूम कहा जा सकता था। उस में फर्नीचर के नाम पर बेंत की कुछ कुर्सियाँ तथा दो गोल मेजें थी। एक अल्मारी जिसमें शीशे के स्लाईडिंग कवर थे, में कुछ किताबें, फोटो तथा कुछ गिफ्ट तथा संस्थाओं से मिले प्रतीक चिन्ह आदि सजे थे। लगता था कि मानों शीशें के पीछे से शाह का कृतित्व झाँक रहा हो।

उसके बैठने पर डिसूजा बोला 'आप क्या लेगें'। 'अभी तो कुछ नहीं, प्रोफेसर शाह क्या कहीं बाहर गये हैं।' डिसूजा कुछ कहता कि वह आदमी फिर बोला 'मेरी उनसे कई साल पहले बात हुई थी लेकिन वह नम्बर मिस-प्लेस हो गया।' डिसूजा अचानक वहाँ से अन्दर चला जाता है। थोड़ी देर बाद

वह ट्रे में एक गिलास जूस लेकर आता है। डिसूजा सहज होने की चेष्टा करता है। तथा उस आगन्तुक से जूस पीने का आग्रह करता है।

शीशे वाली अल्मारी में उसने देखा कि मिसेज शाह की एक फोटो बड़े से फ्रेम में

लगी थी। उसे याद आया यह चित्र बड़ौदा विश्वविद्यालय के वनस्पति विज्ञान विभाग के बाहर का था। उसे मालूम था कि अब मिसेज हरमन शाह इस दुनियाँ में नहीं थी। पिछली और आखिरी दूरभाष वार्ता में शाह ने उस दुःखद त्रासदी का जिक्र किया था। वह बार-बार डिसूजा से पूछना चाहता था कि प्रोफेसर शाह कब लौटेंगें। उसका वापसी का रिजर्व-वेशन दो दिन बाद का है। लेकिन कल वह अपनी मौसी जी के घर जाना चाहता था। अचानक डिसूजा लौटकर आता है। डिसूजा आग्रह करता है कि वह थोड़ी देर-आराम करले। उसका सामान उठा कर एक बगल वाले कमरे में शिफ्ट करता है। वह आदमी अपने को एक छोटे से कमरे में जाता है। जैसे होटल का सिंगिल बैड रूम हो। घड़ी शाम के छः बजा रही थी। कमरे में बैड के पीछे वाली खिड़की से कुछ कुछ धूप आ रही थी। वह थका था, उसे नींद आ गई। अचानक जब नींद खुली, शाम को नौ बजे रहा था। उसने देखा कि वह उन्ही कपड़ों में सो गया था। उसे शायद चेंज करने का वक्त नहीं मिला। थकान शायद ज्यादा थी। उसने उठ कर लाईट जला दी।

डिसूजा एक बार फिर आता है। उससे डिनर के बारे में पूछता है। लेकिन इस बीच चहल-पहल कुछ जयादा लग रही थी। कोई तमिल में, कोई अंग्रेजी में बात कर रहा था। 'डिनर इज रैडी' किसी ने कहा। उसे लगा कि शायद हरमन शाह लौट आये है। वह अपने कमरे से निकल कर हाल में आता है जहाँ आठ-दस नौजवान एक बड़ी सी टेबिल पर डिनर की व्यवस्था कर रहे थे। टेबिल के चारों ओर बारह कुर्सियाँ थी। उसके पहुँचते ही कई नौजवानों ने 'गुड इंवनिग' कह कर उसका अभिवादन किया। लेकिन उसे हरमन शाह कही नजर नहीं आये।

डिसूजा ने आकर बताया कि ये स्टूडेन्ट्स है, कुछ रिसर्च स्कालर्स है तथा प्रोफेसर शाह के गैस्ट है। यहीं रहते है तथा खाने पीने की सारी व्यवस्था यही करते है। प्लेटें लग गई बीचों बीच एक ऊँची कुर्सी थी। डिसूजा ने उस पर उस आगन्तुक को बैठने का आग्रह किया। रात्रि भोज से पहले सब खड़े हो गये

तथा डिसूजा के साथ सब ने प्रार्थना की। डिसूजा ने सबकों उस आगन्तुक का परिचय प्रोफेसर शाह के मित्र के रूप में दिया। उस आगन्तुक की ओर देखते हुये डिसूजा ने बताया कि प्रोफेसर हरमन शाह छह माह पूर्व गुजर गये थे। वे हमेशा अपने इन स्टूडेन्ट्स के साथ ही रहते थे। वह व्यक्ति सुनकर स्तब्ध सा रह गया। कुछ क्षण सब मौन रहे फिर सबने धीरे-धीरे भोजन करना शुरू किया।

डिनर के बाद कुछ छात्र-गण बाहर निकल गये कुछ अपने कमरों में लौट गये।

डिसूजा आगन्तुक से आग्रह करता है-'आईये फ्रंट लॉन में घूमा जाये'। फार्म हाउस का बाहरी लॉन काफी खूबसूरत था तथा साँय काल में उस पर टहलना सुखद था। दोनों टहलते-टहलते आपस में वार्ता शुरू करते हैं। डिसूजा ने बताया 'शाह की पत्नी की मृत्यु काफी पहले हो गई थी तथा शाह का एक मात्र पुत्र अमेरिका पढ़ने चला गया था। पढ़ने के बाद उसे कैम्पस सैलेक्शन में एक कान्ट्रैक्टुयल जॉब कैलिफोर्निया में मिल गया था। शुरू में वह प्रति वर्ष एक बार भारत आता था। लेकिन धीरे-धीरे उसका आना कम हो गया। वह लगभग आठ-दस लाख रूपये अपने पापा को भेजता था। प्रोफेसर शाह को उसके भेजे रूपयों में कोई रूचि नहीं थी। वे चाहते थे कि वह भारत में इसरों में आवेदन करें।' इसी बीच डिसूजा एक क्षण रुकता है। आगन्तुक की ओर देखता है फिर कुछ संकोच के साथ बोलता है 'एक्सक्यूज मी। मैं थोड़ा स्मोक करूँगा।' वह एक सिगरेट निकालकर सुलगाता हैं। 'मैं कांटेज में लड़कों के सामने सिंगरेट नही पीता।'

आगन्तुक वार्ता के तारों को जोड़ता है। 'यह फार्म हाउस तो रिटायरमेन्ट से पहले प्रोफेसर शाह ने खरीद कर बनवाया।' डिसूजा ने फिर वार्ता को बढ़ाते हुये बताया कि आदित्य ने वही शादी कर ली तथा अमेरिका में बस गया। वह अपने पापा को बार-बार अमेरिका आने को कहता रहा। शाह ने मना ही नही किया अपना रिश्ता भी हमेशा के लिये उससे तोड़ दिया।

प्रोफेसर हरमन शाह को तीन चीजें बहुत पसन्द थी। पेड़-पौधें, पुस्तके तथा छात्र। 2010 में प्रोफेसर शाह ने यह कांटेज बनवाया तथा इसमें गरीब मेधावी छात्रों के मुफ्त रहने और खाने की व्यवस्था की। 2015 में शाह फाउन्डेशन की स्थापना की जिसमें लगभग पाँच करोड़ रूपये जमा किये उस ट्रस्ट में जमा धनराशि के इन्ट्रेस्ट से आज वहाँ की व्यवस्था

चलती है। शाह अपने जन्मदिन पर लगभग एक हजार छात्रों को आंमत्रित करते थे तथा उन्हें भोजन खिलाते थे। छात्रों के बीच वह बहुत लोकप्रिय थे। तरह-तरह के छात्र मदद के लिये उनके पास प्रतिदिन आते थे।

आगन्तुक तथा डिसूजा कैम्पस के कई चक्कर लगा चुके थे। आगन्तुक अचानक पूछ बैठा 'आपका सम्पर्क प्रोफेसर शाह से कैसे और कब हुआ?' डिसूजा ने जो उत्तर दिया वह भी कम चौंकाने वाला नहीं था-' पेट्रोल पम्प के पास इस हाईवे पर जो ढ़ाबा है मैं वहाँ काम करता था। जब प्रोफेसर शाह ने 2010 में यह फार्म हाउस खरीदा तब यहाँ आस पास कुछ न था। शाह तब वहीं ढ़ाबे में रहते थे तथा वहीं खाना खाते थे। वृन्दावन ढ़ाबा अग्रवाल जी का था तथा वहाँ का मैंनेजर एकाउन्टटेन्ट, खानसामा सभी कुछ मैं ही था। वैसे वहाँ स्टाफ में अन्य कई लोग थे। प्रोफेसर शाह अग्रवाल से जिद करके मुझे आपने साथ ले आये। 'उन्होंने मुझे कहीं जाने नहीं दिया। सब कुछ मेरे ऊपर छोड़ कर स्वयं ऊपर चले गये।' डिसूजा और आगन्तुक टहलकर कॉटेज में वापस आ गये तथा अपने-अपने कमरों में चले गये।

सुबह जब आगन्तुक की नींद खुली, उसे लगा सभी जाग गये हैं। वह सोचने लगा कि अगले दिन वापसी करनी होगी। इसी बीच डिसूजा एक अंग्रेजी अखबार लेकर आ गया, पीछे-पीछे एक लड़का चाय रखकर चला गया। दोनों तुरन्त चले गये। सुबह ब्रेकफास्ट में आगन्तुक ने डिसूजा को बताया कि कल उसकी वापसी है। डिसूजा बोल उठा-'प्रोफेसर सॉब इतनी जल्दी क्या है ?' आगन्तुक सोच में पड़ गया।

दोपहर लंच पर पाँच स्टूडेन्ट्स डिसूजा और प्रोफेसर ही थे। आगन्तुक अब अतिथि नहीं प्रोफेसर थे। भोजन के दौरान डिसूजा बोला 'प्रोफेसर साहब कल जा रहे है। शाम को उनके सम्मान में स्पेशल डिनर सेठ अग्रवाल के वृन्दावन ढ़ाबे पर होगा।' सभी उपस्थित लोगों ने उनके जाने का विरोध किया। डिसूजा बोला 'हम सब यह महसूस कर रहे है कि प्रोफेसर शाह के सच्चे वारिस या रिपलेसमेन्ट आप ही हो सकते है।' आपकी यहाँ जरुरत हैं, हम सब आपकों समय दे सकते है। आप सपरिवार यहाँ आ जाय।' प्रोफेसर से छोटे-बड़े सभी लोग घुलने मिलने लगे थे। लंच के बाद कई स्टूडेन्ट्स ने आकर अपनी दुःखद जीवन गाथा को प्रोफेसर शाह से शेयर किया।

सांय काल ढ़ाबे पर लगभग 100 मेहमानों का भोज

था। ढ़ाबे को काफी सजाया गया था। ज्यादातर सम्मिलित लोगों में छात्र, रिसर्च स्कालर्स तथा कुछ प्रोफेसर शाह के मित्र थे। ढ़ाबे के सेठ ने लाईट म्यूजिक चला दिया था। आज के मुख्य अतिथि प्रोफेसर शाह के मित्र थे। दिल्ली के प्रोफेसर अतिथि से मिल रहे थे। तथा प्रोफेसर शाह के अतीत के प्रसंगों का जिक्र कर रहे थे। उनकी आत्मीयता, छात्रों से प्रेम तथा भौतिकता से विरक्ति आदि गुणों से शाह ओत प्रोत थे। पार्टी रात्रि 11 बजे समाप्त हो गई।

अगला दिन भी आ गया, टैक्सी भी आ गई प्रोफेसर टैक्सी पर बैठ भी गये। विदा देने वालों में वहाँ के इन्मेट्स, सेठ अग्रवाल एवं डिसूजा थे। सब ने एक स्वर में कहा कि शाह फाउन्डेशन तथा शाह कॉटेज आपकी प्रतीक्षा करेगी। वह नई दिल्ली रेलवे स्टेशन पर पहुँचा। ट्रेन चालीस मिनट लेट थी। ट्रेन और लेट नही हुई। वह अपनी बर्थ पर जाकर बैठ गया। अन्ततः ट्रेन चल दी थी।

उसे रह-रह कर डिसूजा का चेहरा याद आ रहा था। कॉटेज के सभी रहने वालों का सहज स्नेह एवं आदर साथ हो लिया था। वह उन सब को कैसे बताता कि वह अपने भाई कि कर्मभूमि को नमन करने आया था। वह प्रोफेसर शाह का सौतेला भाई था।

वह अतीत के उन पृष्ठों को बन्द रखना चाहता था जिसमें हरमन शाह की माँ की मृत्यु के बाद उसके पिता ने दूसरी शादी कर ली थी। हरमन यह सहन नहीं कर सका और घर हमेशा के लिए छोड़ कर चला गया था। वह हरमन शाह से आठ-दस वर्ष छोटा था। लेकिन उसके मन में हरमन शाह के प्रति कभी कोई द्वेष नहीं था। इस कथानक में यह आगन्तुक जीवन भर अविवाहित रहा एवं उसने एक वीतरागी का जीवन व्यतीत किया। रात्रि में ट्रेन ने स्पीड बढ़ा दी थी तथा ट्रेन बड़ौदा की ओर तेजी से भागी जा रही थी। प्रत्येक व्यक्ति एक सुकून की छाँव की तलाश में जीवन भर भटकता रहता है। शायद ज़िन्दगी का यही फलसफा है।

੬੭੨੬

बाल कथा-हीरामन तोता एवं राजा

राजा वैभववर्धन अपने अंगरक्षक घुड़सवार दस्तों के साथ लौट रहा था। अचानक मौसम खराब होने लगा तथा तेज हवाएँ चलने लगी। देखते-देखते हवाएँ तेज तूफान में बदल गयी तथा आगे का रास्ता दिखना भी बंद हो गया। राजा अपने घोड़े को दौड़ाकर किसी शरणस्थल को तलाश करने लगा। उसने पीछे देखा तो उसका घुड़सवार दस्ता भी कहीं छूट चुका था। तूफान में कई पेड़ गिर गये तथा उन्होंने रास्ता अवरूद्ध कर दिया। राजा रुक कर चारों ओर देखने लगा। कुछ दूर एक टीले पर पत्थरों से घिरा एक कुटिया दिखी जिसके ऊपर एक केसरिया रंग का ध्वज जिसमें 'ॐ' अंकित था हवा में लहरा रहा था।

राजा हिम्मत एवं धैर्य के साथ उस कुटिया में पहुँच गया। वहाँ एक कृशकाय साधू-महात्मा अपने पालतू जानवरों को एक बाड़ें में बन्द कर रहे थे। इतने में राजा के कानों में 'स्वागतम्' 'स्वागतम्' के शब्द पड़े। राजा ने एक पेड़ के ऊपर एक तोते को देखा तो वह समझ गये कि तोता आदमियों की भाषा से परिचित है। राजा को देखकर स्वामी दिवाकर आगे बढ़कर उनकी ओर अग्रसर हुये। उनके दिव्य तेज को देखकर राजा ने उनको प्रणाम किया। स्वामी जी ने राजा को पत्थर के बने ऊँचे आसन पर बैठने का आग्रह किया। राजा को जल तथा जंगली फल समर्पित किये। घोड़े को हरी घास का चारा दिया। राजा स्वामी जी के सत्कार से गदगद हो गये। इतने में राजा के अंगरक्षक घुड़सवारों की टोली आ गयी। आँधी-तूफान ठहर गया था। चलते-चलते राजा ने निवेदन किया कि वह स्वामी जी के पालतू जानवरों को देखना चाहते है। तूफान थम गया था। स्वामी जी ने बाड़े का दरवाजा खोल दिया सुन्दर गाय, हिरन खरगोश घोड़ा आदि आकर स्वामी जी के चारों ओर खड़ें हो गये। तोता पेड़ से उतरकर स्वामी जी के कन्धे पर बैठ गया। तोता बाकि जानवरों से उनकी भाषा में कुछ कह रहा था। राजा के पूछने पर स्वामी जी ने बताया कि तोता कह रहा है कि खतरा टल गया है। राजा बहुत खुश हुये और अपने साथ आये एक सैनिक से कहा कि यहाँ कुटिया के चारों ओर एक मजबूत बाड़ लगवा दो तथा कुटिया के निकट एक कुआँ खुदवा दो। यह मेरा आदेश है।

जब राजा चलने लगे तो तोता बोल उठा 'आप सबको धन्यवाद'।

राजा अपनी राजधानी लौट आये। अपने राज-काज में व्यस्त हो गये। लेकिन उस विलक्षण तोते कि उन्हें अक्सर याद आती। एक दिन उन्होंने अपने मंत्री को बुलवाया और उसस पूछा 'क्या स्वामी दिवाकर की कुटिया में जिस कार्य को करने को आदेश दिया था, वह पूरा हुआ कि नही?' मंत्री ने अपने मातहत अधिकारियों से जानकारी लेकर बताया कि वहाँ राजा द्वारा आदेशित कार्य पूर्ण कर दिये गये है। राजा ने मंत्री को अगले दिन स्वयं जाकर वहाँ देखने कि बात कही। अगले दिन राजा और मंत्री उस टीले पर पहुँचे। तभी तोते का स्वर राजा के कानों में पड़ा-'आज महाराज मंत्री के साथ आये है। आप लोगों का स्वागत है।' स्वामी दिवाकर भी कुटिया से बाहर आये परम्परागत रूप से उन्होंने उनका स्वागत किया। जब विदा लेने के लिये राजा तथा मंत्री ने स्वामी को प्रणाम किया तो राजा ने स्वामी से अनुरोध किया कि वह कुछ दिनों के लिये आपके प्रिय तोते हीरामन को अपने साथ अपने राजमहल में रखना चाहते है। स्वामी जी ने सहर्ष स्वीकृति दे दी। राजा तथा मंत्री एक स्वर्ण पिजड़े में रखकर हीरामन को राजमहल ले आये। राजा ने उसके खाने पीने की सम्पूर्ण व्यवस्था बहुत अच्छे तरह से कर दी। वहाँ उसे पिजड़े से निकालकर स्वंतत्र रूप से राजमहल में उड़ने तथा घूमने की अनुमति दे दी।

तोता हीरामन राजमहल में आराम से रहने लगा। तोता वास्तव में विलक्षण था उसे पूर्वाभास हो जाता था। राजा के दरबार में एक दिन एक व्यक्ति को बाधँकर लाया गया उस पर एक सेठ के धन चुराने का आरोप था। जब उसे प्रस्तुत किया गया तथा राजा पूरा मामला समझकर दंड देने जा रहे थे। तभी तोता हीरामन बोल उठा-'ठहरो-चोर कोई और है।' राजा ने दंड रोक दिया तथा राजमहल के दो आधिकारियों को दुबारा मामले की जाँच करने को कहा। तीसरें दिन चोरी का खुलासा हुआ और सेठ का मुनीम और सेवक पकड़े गये। इस घटना से राजा के तोते की प्रसिद्धि दूर-दूर तक फैल गयी।

अब अक्सर पेंचीदे मामले हीरामन के सामने रखे जाते। वह 'हाँ' या 'नही' के सकेत द्वारा उत्तर दे देता था। एक दिन राजा के पास सेनापति बहुत चितिंत मुद्रा में आया। राजा से एकान्त में बोला कि पड़ोसी राजा वीरसेन एक सप्ताह में हमारे राज्य पर आक्रमण करने वाला है। राजा ने सभी जरुरी तैयारी के आदेश दे दिये। हीरामन ने सकेंत द्वारा जल्दी ही उस राजा की सेना पर टूट पड़ने को कहा और राजा ने वैसा ही किया। पड़ोसी राजा वीरसेन को ऐसी आशा नही थी। वीरसेन की सेना

युद्ध हार गई और उसे समपर्ण करना पड़ा। राजा वैभववर्धन ने राजा को राज्य वापस कर दिया तथा बंदी सैनिको को मुक्त कर दिया। पड़ोसी राजा को अपनी गलतियों का अहसास हो गया था।

अब तोता हीरामन की स्थिति किसी मंत्री से कम नही थी। किन्तु कुछ दिनों बाद हीरामन ने 'स्वामी जी'-'स्वामी जी' रटना शुरू कर दिया। राजा समझ गया कि वह अपने स्वामी के पास जाना चाहता है। राजा और मंत्री उसे स्वामी दिवाकर की कुटिया में सम्मान के साथ छोड़ गये। वहाँ पहुँच कर तोता पेड़ की डाल पर उड़ कर जा बैठा। उसके मुख से 'धन्यवाद'-'धन्यवाद' के शब्द निकल रहे थे। स्वामी दिवाकर उसे देखकर मंद-मंद मुस्करा रहे थे। राजा और मंत्री दोनों मौन खड़े थे। स्वामी जी ने दोनों को आशीर्वाद देकर विदा किया। राजा ने अपने राज्य में पशु पक्षियों के लिये जलाशय तथा बाग बगीचों की व्यवस्था की। आज इतिहास के पन्नों में उसका नाम अमर है।

৩৩

एक खलनायक की जीत

उसका नाम शमशाद था। लेकिन उसे लोग शेख के नाम से पुकारते थे। ज्यादातर लोग उससे कतराते थे। वह ज्यादातर पठानों के लिबास में रहता था। लम्बी कमीज तथा शलवार उसका रोजमर्रा का आम लिबास था। बड़ी-बड़ी अंगार जैसी आँखें, घुंघराले बाल, दरम्याना कद, छोटी दाढ़ी तथा नुकीली मूँछें। वह खुद भी किसी से बात नहीं करता था। एक-आध बुजुर्ग जिनको वह जानता था यदि सामने पड़ जाते तो अदाब-अर्ज कर लेता। बाकी दुनियां से वह अनजान था। हाँ-पाँच वक्त की नमाज नियम से अदा करता था। मस्जिद और मैखाना दो ही उसकी मंजिल थी।

कालोनी में ई-टाईप में एक कमरे के सरकारी घर में वह अपने बीबी बच्चों के साथ रहता था। सुबह निकल जाता तो शाम को लौटता था। घर के कामकाज से कोई वास्ता न था। उसकी बीबी मुमताज घर-गृहस्थी का सारा काम दौड़-कर खुद ही करती थी। अपनी किस्मत को कोसती रहती थी। इस तरह के निकम्मे शौहर से तंग आ चुकी थी। लेकिन महीने की पहली तारीख को तनख्वाह का सारा रूपया पैसा शेख से ले लेती थी। बड़ी जद्दोजहद के बाद शेख अपनी बीबी से जेबखर्च के नाम पर दो-चार सौ रूपये ले लेता था। लेकिन वे एक हफ्ते के लिये भी काफी नहीं होते थे।

शेख परिवहन विभाग में दफ्तरी था। लेकिन अधिकारीगण उसे भागदौड़ के काम में लगाये रहते थे। कभी ट्रेजरी, कभी कलक्ट्रेट, तो कभी प्रिंटिंग प्रेस भेज देते थे।' उसे आफिस में जान बूझ कर नहीं रखते थे। कभी किसी से पैसे माँग लेता कभी झगड़ा फसाद करता। सात बार सस्पेंड हुआ दो बार निकाला गया। लेकिन फिर भी आ गया। कर्मचारी यूनियन से अच्छे संबंध थे। यूनियन के लिए चंदा इकट्ठा करना यूनियन के इशारे पर अफसरों से गाली-गलौज करना उसके लिए एक आम बात थी।

पैसे मांगने में वह कलाकार था। उसे यह अंदाज हो जाता था कि इस शख़्स से कुछ उधार मिल जायेगा। वह बड़ी शराफत से पेश आता-'हुजूर बड़ी इनायत होगी यदि पचास रूपये उधार देदें। कल सुबह ही वापस कर दूँगा।'

अगली सुबह क्या होगा, यह तो नही मालूम था-हाँ

अक्सर लोग उसकी उम्र के लिहाज में उसे उधार दे देते थे। लेकिन पास पड़ोस के लोग उसकी और उसकी आदत को पहचान गये थे। अतः लोग उसे देखकर इधर उधर हो जाते थे। कभी-कभी लोग मुँह बनाकर मनाकर देते थे। अब उसने पास पड़ोस से माँगना बंद कर दिया। घर वालों का प्रैशर भी उसपर रहता था। उसके रिटायरमेन्ट के अभी तीन साल थे। खुदा की कुछ ऐसी मेहरबानी हुई कि उसका एक लड़का आरिफ सरकारी दफ्तर में स्टैनो हो गया। शेख ने ख्वाजा की दरगाह में चादर चढ़ाई और माथा टेका। घर वालों ने शेख को नौकरी छोड़कर घर बैठने को कहा। लेकिन शेख ने साफ इन्कार कर दिया। लड़का कलैक्टर साहब का स्टैनो हो जाने पर, शेख का कद उसके दफ्तर में काफी बढ़ गया था। अब उसके दफ्तर के साथी उससे बहस और तू-तड़ाक कम करते थे। लेकिन शेख की अपनी चाल वही बेढंगी थी। शेख कब नाराज हो जाये कब मरने मारने को उतारू हो जाये-किसी को पता नहीं था।

उसकी कालोनी के पास जो मस्जिद थी वह मुख्य सड़क से हटकर एक गली के अंदर थी। मस्जिद कम से कम दिन में दो बार तो वह जाता ही था। हाँ-पास सड़क पर पिन्टू की चाय की दुकान पर भी वह उठता बैठता था। उसी दिनचर्या में पिन्टू की चाय की दुकान भी एक अदद मुश्तकिल हिस्सा थी। दुकान में नब्बन मियाँ से रोज नोंक-झोंक होना भी जरूरी था। देश दुनियां की सारी खबरों का वह एक जरिया थ। एक-एक प्याली चाय और ढेर सारी बातें।

अबकी रमजान का महीना जून में पड़ा था। ऐसी गर्मी में रोजा रखना कितना कठिन था। किन्तु शेख काफी छोटी उमर से बिना नागा रोजा रखता आ रहा था। अतः इस बार भी जोर-शोर से वह रोजा रखा। शेख के माँ-बाप अपने पुश्तैनी मकान में मीरगंज में रहते थे। शेख रमजान के महीने में मीरगंज में अपने वालिद और वालिदा से मिलने जरूर जाता था। साथ में खजूर, सूखे मेवे, अंदरसे, रस्क एवं फल ले जाता था। उस घर में उसके माँ-बाप और उसकी बहन रहती थी। रमजान के दिनों में शराब को हाथ नहीं लगाता था-शराब से तौबा थी।

शेख के चरित्र में बड़ा विरोधाभास था। जब सुबह या शाम शराब के अड्डे पर जाता, पहले काउन्टर पर पैसा पटकता था फिर अपनी कोने वाली सीट पर जा बैठता था। एक लड़का पीछे-पीछे बोतल गिलास आदि लेकर आ जाता था। पैसे

कम हो तो भी मैनेजर एक शब्द नहीं बोलता था। एक बार एक बैरे ने बोल दिया था 'आज पैसे पूरे नहीं हैं'। इस पर उसने पूरी मेज उठाकर खिड़की के बाहर फेंक दी थी। बिल्कुल फिल्मी अंदाज में शीशा तोड़ते मेज जाकर बीचों-बीच सड़क पर जा गिरी थी। उस दिन काफी हंगामा हो गया था।

रमजान का महीना चल रहा था। उस दिन दोपहर नमाज पढ़ने के बाद वह सड़क पर पिन्टू के चाय के टपरे पर बैठ गया। बातो-बातों में पिन्टू ने शेख से पूछ लिया 'अब साहबजादों की शादी भी कर डालो मियाँ। बड़े साहबजादे तो सरकारी नौकरी भी पा गये हैं।' 'पिन्टू इतनी जल्दी नहीं।' शेख ने दाढ़ी खुजलाते हुए उत्तर दिया। स्कूलों की छुट्टी हो गई थी। लड़के लड़कियां पैदल या साइकिलों के झुंड में निकल रहे थे। सभी को घर पहुंचने की जल्दी थी।

सड़क पर धीरे-धीरे लड़के-लड़कियों की भीड़ छँटने लगी थी। दो लड़कियाँ साइकिल पर बात करते धीरे-धीरे आगे बढ़ रही थीं। तभी दो लड़के साइकिल से पीछे से आये और उन लड़कियों से जोर-जोर से बातें करने लगे। एक ने एक लड़की की साइकिल रोक ली। पिन्टू और शेख की नजर उन शोहदों पर पड़ी। एक-दो मिनट तो शेख देखता रहा। जब उससे रहा नहीं गया, वह उनकी ओर बढ़ा।

'अबे ! यह सड़क पर क्या फसाद मचा रखा है और इन लड़कियों को क्यों परेशान कर रहे हो। यही तालीम हासिल की है।' शेख गुस्से से बोला।

'अबे खड़ूस बुड्ढे चुप-तुझसे क्या मतलब।' उनमें से एक लड़का बोला।

शेख ने अपना आपा खो दिया। शेख ने साइकिल से खींच कर दो-दो थप्पड़ दोनों को रसीद कर दिये। हाथ ढीला एवं भरपूर था। अतः दोनों लड़कों को दिन में तारे नजर आ गये। दो मिनट तो लड़कों को जमीन से उठने में लग गये। अगले दो-तीन मिनट में उन्होंने साइकिल उठाई और चल दिये। दस मिनट में शेख ने उस फसाद पर एक विराम लगा दिया था।

शेख का मूड खराब हो गया था। वह पिन्टू के टपरे पर दस मिनट ही और रुका और पैदल घर की ओर चल दिया। अभी वह सौ गज ही पहुंचा होगा कि तीन साइकिलों पर लड़के हाकी-स्टिक के साथ आ गये और शेख को घर लिया। दोपहर का वक्त था सड़क पर कोई न था। लड़कों में से एक

ने साइकिल रख एक हाकी शेख पर उठाई जिसे शेख ने दोनों हाथों से पकड़ लिया। दोनों तरफ से जोर आजमाईश होने लगी। तब तक एक लड़के ने उसके हाथों पर स्टिक से वार किया। दूसरे ने एक राड से सिर पर वार किया। शेख गिर पड़ा। खून की धार उसकी खोपड़ी निकल रही थी। एक आवाज आयी–'या अल्लाह'। शेख वहीं ढेर हो गया। लड़के दो मिनट में दफा हो गये। सड़क पर पाँच मिनट में भीड़ इकट्ठा हो गयी। 'शेख का कत्ल हो गया ! शेख का कत्ल हो गया !' ये आवाजें चारों ओर से आने लगी। हिन्दु, मुसलमान और सभी वहाँ इकट्ठा हो गये। पुलिस को आते आते आधा घण्टा हो गया। वह तफशीश में जुट गयी। अगली सुबह शेख का ज़नाज़ा उठाने सैकड़ों हाथ उठे और उसमें शरीक हुए। शाम होते-होते शेख को बाइज्जत दफन कर दिया गया। लोग संजीदा होकर घर लौट आये। आज सैकड़ों लोग शेख की तारीफ करते नहीं थक रहे थे। आज एक गुमनाम एवं बदनाम हस्ती लोगों का असली हीरो बन गया था। अखबारों में शेख की फोटो छप रही थी। दफ्तर एक दिन के लिये बंद कर दिया गया था। दोस्तों-ज़िन्दगी के रंग बड़े निराले होते हैं।

୬୭ଓ୫

उसकी मौसी

मौसी की तबियत ठीक नहीं थी। जैसे तन्द्रा टूटती और कुछ होश में आती वे बड़बड़ाती– 'बन्टी आया है न–उसे मेरे पास ला। उसे एडमीशन दिलाने मैं ही ले गई थी विपिन बिहारी कालेज।' किसी समय उनकी आवाज में काफी दम था। बीस साल महोवा के राजकीय हाईस्कूल की हैडमिस्ट्रेस रहीं थीं। महोबा में हर व्यक्ति क्रांति गोस्वामी को अच्छी तरह से जानता था। रंगा गोरा, कद मध्यम, काठी मजबूत, और आवाज बुलंद। इस शख्सियत का नाम था क्रांति गोस्वामी। वही आवाज आज मद्धिम हो चली थी। दिमाग भी काम नहीं कर रहा था। जब भी उन्हें होश आता वह किसी न किसी को याद जरूर करतीं। 'आकाश आये तो मेरे पास जरूर भेजना'। इसी तरह वे अक्सर कई नामों को याद करती कभी आकाश कभी सूरज कभी बेबी तो कभी रेखा। कोई ऐसा रिश्तेदार नहीं था जिसकी उन्होंने तन, मन, धन से मदद न की हो। अपनी छोटी बहन की तीन बेटियों में से एक क्षमा को उन्होंने गोद ले लिया था। उसे पढ़ा लिखाकर राजकीय इण्टर कालेज में प्रवक्ता बनवा दिया था। लेकिन आज रूग्णावस्था में वे नितांत अकेली पड़ी थी। उनकी देखभाल केवल क्षमा ही कर रही थी।

यौवनावस्था में उनके पति घर–बार छोड़कर कहीं चले गये–और कभी नहीं लौटे। लोग कहते थे वे साधू हो गये। क्रांति ने परिवार से मदद लेकर पढ़ाई लिखाई की। 1960 में बी०ए० तत्पश्चात सी०टी० डिप्लोमा लेकर महोबा में हैडमिस्ट्रेस हो गई। वेतन था मात्र 150/–रूपये। लेकिन उस जमाने में उनके क्या ठाठ थे। कहना मुश्किल है। समझना उससे भी ज्यादा। दूध एक रूपये में 2 सेर घी 5 रूपये सेर तथा शक्कर अठन्नी सेर। यह किस्सा नहीं हकीकत है।

उस जमाने में क्रांति मौसी के घर में कई भतीजे, भतीजी आदि पढ़ने के लिये टिके रहते थे। यह एक ऐसा सिलसिला था कि 25-30 साल तक चलता रहा। उनका घर क्या था एक धर्मशाला था। भतीजे-भतीजी, बड़े हुए, पढ़लिखकर नौकरी लगी, शादी हुई और वे सब इधर-उधर छिटक गये। धीरे-धीरे क्रांति मौसी अकेली रह गयी। उनके साथ थी मात्र क्षमा।

मौसी ने क्षमा की शादी भी धूमधाम से की। क्षमा को झांसी में नौकरी सूरज प्रसाद इण्टर कालेज में मिली। मौसी

का भी ट्रांस्फर महोबा से झांसी एल०टी० ग्रेड के पद पर हो गया। मौसी महोबा में हेडमिस्ट्रेस थी यहां मातहत हो गई। क्रांति गोस्वामी को यह बर्दाश्त न था। रोज व रोज प्रिंसपल भटनागर से झड़प हो जाती थी। क्रांति गोस्वामी को राजकीय नियम कानून बहुत अच्छी तरह से मालूम थे। जब भी प्रिंसपल से विवाद हो जीत क्रांति मैडम की होती थी। इससे यहां भी क्रांति मैडम की धाक जम गई। सन 2000 में वे सेवानिवृत्त हो गई।

वर्तमान में फिर लौटने पर देखते हैं कि क्रांति मौसी और क्षमा ही एक दूसरे के लिए खड़ी नजर आती हैं। क्षमा की शादी तो हो गई किन्तु पति की रूचि उसके प्रति बिल्कुल नहीं थी। वह प्रत्येक माह पहले हफ्ते आता था किन्तु क्षमा के लिए नहीं उसकी पगार उठाने के लिये। मौसी चुपचाप सब देख और समझ रही थी। किन्तु वे भी मौन थी। क्षमा क्रांति मौसी की एक कमजोरी थी। शायद वह अकेली रहना नहीं चाहती थी। एक भय उनके दिमाग में हमेशा बना रहता था। वे अकेले कैसे रहेगी।

एक समय था कि मौसी के घर में रहने वाला कोई भी बच्चा बीमार होता तो मौसी रात-रात भर जाग कर कही माथे पर ठंडी पट्टियां रखती, कभी गर्म बोतल पेट सेकने को देती। कभी अपने हाथ से खिचड़ी खिलाती। डाक्टर को घर पर बुलाती और घर के बच्चों को दिखाती। जब तक बच्चा ठीक न हो जाये वे स्वयं कम से कम आराम करती तथा अधिक से अधिक उनकी देख-भाल।

आज वो बीमार है। गम्भीर रूप से बीमार है। उन्हें लगता है कि आकाश, बंटी, सूरज, मंजू, बेबी आदि आदि उनकी बीमारी का हाल सुनकर आयेंगे। उनकी सेवा करेंगे। धीरे धीरे वह सब भूलती जा रही थी। जब चेतना थोड़ी देर के लिए लौटती तो वे बड़बड़ाती 'आकाश इतनी देर तक मत पढ़' 'बंटी तेरी परीक्षा कब से है...' 'मंजू से कह दो मेरे लिये अदरख वाली चाय बना दे' आदि आदि। क्षमा का रोते-2 बुरा हाल था। उसने अपने भाई को फोन किया अपनी बहन को किया कि यहां आ जाओ। लेकिन आज उनके लिए आ पाना आसान न था।

क्रांति मौसी पहले भी बीमार हुई थीं। दो साल पहले उनके कूल्हे की हड्डी टूट गयी थी। फिर भी उठी और लाठी पकड़कर चलने लगी। लेकिन अबकी बार बुखार सिर पर चढ़ गया था। धीरे-धीरे सारे अंग निष्क्रीय होते जा रहे थे। क्षमा समय-समय पर दवा खिला रही थी, रात-रात भर जग रही

थी। किन्तु उसे लग रहा है उसके हाथ में कुछ नहीं है। मौसी ने अस्पताल में भर्ती होने से मना कर दिया था। डाक्टर प्रधान दिन में दो बार देखने घर आते थे।

क्षमा के सहकर्मी एक दिन मौसी को देखने आते हैं। क्षमा उनसे आग्रह करती है कि वे मौसी से कहें 'मैं आकाश आपसे मिलने आया हूँ।' उसके सहकर्मी सहयोग करते हैं। एक कहता है 'मैं बंटी हूँ, आप कैसी हो'–मैं आ गया हूँ।

क्रांति मौसी खुश हो जाती है और आकाश और बंटी का हाथ पकड़ रोने लगती है। उन्हें लगता है उन्हें देखने उनके भाई भतीजे आ गये हैं। वे एक बार फिर अपने पैरों पर खड़ी हो जायेगी। लेकिन ऐसा हुआ नहीं। क्रांति मौसी एक दिन यूं ही बिना कोई आवाज और आहट के चल बसी। आसपास के लोग इकट्ठे हो गये। उनकी अंतिम यात्रा से कुछ घण्टे पहले आकाश और सूरज आकर खड़े हो गये। क्षमा को लगा आकाश के किसी छोर पर कोई रोशनी नहीं है। उसकी कान्ति खत्म हो गयी है। अब उसके जीवन में कुछ शेष नहीं बचा है।

महोबा के राजकीय हाईस्कूल की वे पहली हेडमिस्ट्रेस थी। इस दुःखद घटना की सूचना मिलने पर उन्होंने एक शोक सभा की। एक फोटो को फ्रेम कराकर हेडमिस्ट्रेस के कमरे में टॉग दिया। वर्तमान हेडमिस्ट्रेस ने उनके चित्र पर माल्यार्पण किया। इन्टरवल के बाद स्कूल में अवकाश कर दिया गया। उनकी कार्यप्रणाली की लोगों ने भूरि-भूरि प्रशंसा की। समाचार पत्र के एक कोने पर उनके चित्र के साथ उनके निधन का समाचार छपा था।

क्षमा ने बी०आर०एस० ले लिया। झांसी से अपना सब सामान एवं असवाब समेट लिया। कुछ दिनों बाद वह महोबा में सिफ्ट हो गईं। वहां एक स्कूल खोला जिसका नाम 'क्रांति चिल्ड्रेन्स एकैडेमी' रखा। नगरवासियों ने इसका स्वागत किया तथा इसमें सहयोग किया। क्षमा ने इस तरह क्रांति मौसी की स्मृति को जीवित रखने का एक प्रयास किया था।

৶৩ে

झूठा सच

हर रोज वह घंटे दो घंटे बालकनी पर शाम को जरूर बैठता था। सातवीं मंजिल से नीचे का नजारा भव्य था। सामने एक हरे भरे टीले के चारों और गोलाकार रूप में लोगों के बैठने हेतु स्टील की बैंच पड़ी थी। उस हरे भरे छोटे से टीले के मध्य फव्वारे लगे थे जो शाम को चलते थे। ये फव्वारे लगभग 100 फीट ऊँचाई तक जाते थे, फिर एक अदा के साथ गिरते कभी किसी पर गिरते कभी किसी पर गिरते। नही तो हरी घास पर गिरते और उसे प्यार से भिगो देते। उस सुरम्य स्थान को गोलाकार सड़क घेरे थी। चारो तरफ से लोगबाग आ सकते थे, बैठ सकते थे। हिमालयन टावर जिसमें उसका सातवें मंजिल पर फ्लैट था के सामने एक सौ फीट चौड़ी सड़क थी। उसके पार था वह 'ग्रीन-माउन्ड' फव्वारों के साथ। शाम को बच्चे महिलायें वहां घूमते, दौड़ते भागते थे। आफिस से लौटे लोग वहां आकर चैन की सांस लेते थे। हालांकि उसको न्यू लखनऊ नाम दिया गया था किन्तु यह ऊँचे खड़े कंकरीट के टावरों का एक जंगल था। उसके लिए यह वनवास से कम न था। अपना घर बंगला साजो-सामान से युक्त छोड़कर यहां अकेले रह रहा था। वह शायद हर परिचित व्यक्ति, वस्तु एवं परिवेश से मुक्ति चाहता था। यहां वह एक अजनबी परिवेश में एक अजनबी था।

दो कमरों के फ्लैट में वह अकेला रहता था। बालकनी में अक्सर वह खड़े-खड़े अजनबी चेहरों का निहारता रहता था। नीचे के दश्य में पुरूष, महिला एवं बच्चे इतने छोटे प्रतीत होते मानों इधर-उधर खिलौने घूम रहे हों। कभी-कभी जीवन काटना ही कठिन होता है। अकेले समय काटना और भी अधिक दूभर। कई हफ्तों से उसने एक बात नोटिस की कुछ पुरूष एवं महिलाएं उस ग्रीन माउन्ड पर अपनी निश्चित जगह पर बैठते थे। धीरे-धीरे उसने महसूस किया कि एक अधेड़ महिला फव्वारे से हटकर हमेशा एक निश्चित बेंच पर ही बैठती थी। वह ज्यादातर नीले या सलेटी रंग के परिधान में दिखाई देती थी। तीन अन्य महिलायें एक साथ अपने बच्चों के साथ आती थी तथा एक ही बेंच पर बैठती थी। तीनों के चार-पांच बच्चे घास पर काफी देर खेलते। फिर तीनों उठकर बच्चों के साथ अपने फ्लैट्स की ओर मुड़ जाती थी। थोड़ी और दूर पर 6 बजे एक युवक एक काले बैग के साथ एक बैंच पर कुछ देर बैठकर किसी का इन्तज़ार करता। कुछ देर बाद जीन्स पहने एक

युवती आ जाती और कुछ देर दोनों बैठकर बात करते। सात बजे के करीब दोनों साथ-साथ एक मोटरसाइकिल में बैठकर चले जाते। कुछ आईस्क्रीम बेन्डर्स, कुछ चना जोर गरम तथा कुछ चाट पकौड़े वाले चार बजे शाम से आकर अपनी-अपनी पोजीशन ले लेते थे।

उसके सामने एक विकट समस्या थी। आगे बची-खुची ज़िन्दगी काटने की। वह भी अकेले। समय काटना वह भी अकेले। अकेले ताश खेलना, अकेले दोनों तरफ से शतरंज खेलना, टी०वी० देखना आदि-आदि विकल्प तो थे पर ऐसे भी कोई जीता है।

मुकद्दर की मार, कुदरत की मार और अपनों की मार के बाद, शाख एवं पत्तियों से रहित पेड़ के ठूँठ की तरह उसने एक एकान्त में अपने को स्थापित कर लिया। बचपन में पिता की मृत्यु, जवानी में मां की मृत्यु, अधेड़ अवस्था में पत्नी की मृत्यु तथा शनैः-शनैः एक के बाद एक मित्र एवं संबंधियों का छोड़ना-ने उसे एकाकी कर दिया था। अब उसने अपने को कोठी, बाग, बगीचों से अलग कर एक छोटे से फ्लैट में समेट लिया था।

अभय कृष्ण ने एक नयी ज़िन्दगी एक नयी चुनौती केसाथ एक नये परिवेश में एक अजनबी की तरह एक नई शुरूआत की। सब कुछ छूट गया लेकिन उसने अपने अंदाज तथा अपनी जीवनशैली को नहीं छोड़ा। आज भी वह जब हिमालयन टावर से निकलता तो लोग नजर उठाकर यूँ देखते मानों पूछ रहे हों 'हू इज ही'

वही शाम एक बार फिर आ गयी थी। वह फिर शाम का नजारा देखने अपने फ्लैट की बालकनी पर आ बैठा। लोगों का आना-जाना शुरू हो चुका था। ब्लेक टी के साथ बैठा-बैठा वह सोचने लगा। क्यों न एक दिन ग्रीन माउण्ड पर जाया जाये।

इस कथानक के एक जरूरी पात्र का परिचय देना रह गया है। वह है जोगिन्दर-अभयकृष्ण का केयरटेकर एण्ड हाउस कीपर। साहब को कब चाय पीनी है कब पास्ता खाना है कब सैन्डविच आदि यह जोगिन्दर के दिमाग में हमेशा रहता था। नेपाल से एक कान्ट्रैक्टर उसे भारत ले आया, नौकरी के वास्ते। फिर उसे बीच मझधार में छोड़कर गायब हो गया। तकदीर ने उसे टकरा दिया अभयकृष्ण से। इस संक्षिप्त कथा के आगे उसने कभी कुछ नहीं बताया। अभय ने इससे आगे जानने की कोशिश भी नहीं की। इस कथानक के पात्र जैसे दिखते थे वे वास्तव में वैसे ही थे या नहीं कहना कठिन था।

भीड़ में तन्हा

एक शाम वह फ्लैट से निकला और टहलते-टहलते ग्रीन माउन्ड पर पहुंच गया। चहल पहल थी रौनक थी। एक बैन्च पर बैठा फिर इधर-उधर गर्दन घुमाई। काफी लोग मौजमस्ती के मूड में बैठे थे या टहल रहे थे। लेकिन सबकी अपनी-अपनी कम्पनी थी। शायद अकेला वह ही था। कुछ देर बैठा रहा फिर उसने उठने का विचार बना लिया। वह उठने को था ही कि नीली साड़ी वाली अधेड़ महिला बैन्च के दूसरे छोर पर आकर बैठ गयी। वह उठते-उठते रुक गया। उसने देखा कि उसका मुंह चल रहा था। शायद च्यूंगम या लाजेन्ज उसके मुंह में थी। थोड़ी देर बार उसने मोबाइल पर्स से निकाल और कुछ देखने लगी। अभयकृष्ण उठा और अपने फ्लैट की ओर चल पड़ा।

नदी अपना रास्ता और इंसान अपनी चाल कब बदल दे, कहा नहीं जा सकता। अभय का धीरे-धीरे ग्रीन माउन्ड पर जाना नियमित हो गया था। उसने महसूस किया कभी-कभी वह अधेड़ महिला बड़बड़ाती रहती थी। अभय एक दिन उसके पास खिसककर बैठा और धीरे से पूछा 'आप अपने से काफी बातें करती हैं। क्या आपको पता है।' महिला हौले से मुस्कुराई 'समटाईम्स साइलैंस स्पीक्स।' अभय को जवाब पसन्द आया। धीरे-धीरे सिलसिला आगे बढ़ा लेकिन सतर्कता दोनों तरफ काफी थी।

नीली साड़ी वाली अधेड़ महिला जानकी टावर्स के 14 वें फ्लैट पर अकेले रहती थी। उसका पति सेना में बड़ा अधिकारी था। वह यदा कदा ही आ पाता था। उसका एक बेटा शिकागो में रहता था। उसका ज्यादा समय कुकिंग या होम मैंनेजमेंट में ही निकल जाता था। उसका पेंटिंग का शौक अब दम तोड़ चुका था। सालों से उसने कोई पेंटिंग नहीं बनायी थी। अपने को व्यस्त रखना एक मजबूरी थी।

अभय को भी यह महसूस हो चुका था कि अवसाद और एकाकीपन से बचने के लिए व्यस्तता एक मजबूरी थी। कभी वह भी लेखन में शौक रखता था किन्तु आज वह शौक भी दम तोड़ चुका था।

इस कहानी की पराकाष्ठा यह है कि केवल तीन पात्र हैं, तीनों एकाकी एवं तीनों ज़िन्दगी से दूर। नीली साड़ी वाली महिला, अभयकृष्ण और जोगिन्दर। विधि का विधान देखिए एक ही मर्ज के तीनों प्राणी-एक दूसरे से अचानक जुड़ जाते हैं और फिर अद्भुत कई मोड़ आ जाते हैं। तीनों एक दूसरे से भिन्न और एक दूसरे से काफी अपरिचित हैं।

अभयकृष्ण नियमतः रोज शाम होते ही ग्रीन माउन्ड पर पहुंच जाते हैं। अपनी चिर-परिचित बैन्च पर बैठ जाते हैं। नीली साड़ी वाली औरत बैन्च के दूसरे छोर पर बैठ जाती है। यह सिलसिला काफी दिनों से निरन्तर चला आ रहा था। लेकिन दोनों में से किसी ने भी एक दूसरे से परिचय नहीं पूछा। दोनों अजनवी की तरह एक दूसरे से बात करते। अद्भुत लोग अद्भुत संबंध और अद्भुत व्यवहार था इन दोनों का।

ऐसा प्रतीत होता था कि दोनों ने अपने को एक निजी एकान्त में समेट रखा था तथा किसी दूसरे की इन्ट्री वर्जित थी। नीली साड़ी वाली औरत पति से दूर, अभयकृष्ण भी निपट एकाकी-विधुर तथा घर-बार से दूर। लेकिन इंसान एक द्वीप की तरह नहीं रह सकता। मैन इज नाट एन आयलैंड।

एक दिन अभय ने कहा 'आप अपने पेंटिंग के शौक एक बार फिर शुरू करो।' वह प्रौढ़ महिला कुछ नहीं बोली। चुपचाप बैठी रही। अभय को यह अच्छा नहीं लगा उसने दुबारा प्रश्न किया। इस बार वह बोल ही उठी 'कला के लिए सुरुचिपूर्ण वातावरण, संरक्षण एवं प्रशंसा तथा एक सकारात्मक आलोचना बहुत जरूरी है। इनके बिना कला पनप नहीं सकती। आप क्यों नहीं अपना लेखन पुनः शुरू करते ? आपने अपने लेखन की होली क्यों जला दी थी ? आप अपने बारे में बतायें।'

अभय अचानक निरूत्तर सा हो गया था। इस सब के बावजूद दोनों मुख्य पात्र कुछ छिपा रहे थे।

अभयकृष्ण ने एक कम्पलीट पेंटिंग किट अपने सहायक या यूँ कहें कि अपने हाउसकीपर से उसको अच्छी तरह समझाकर उस प्रौढ़ महिला को भिजवा दिया।

इस कहानी में एक अजीब सा मोड़ आ जाता है। अभयकृष्ण का हाऊसकीपर अपने भाई से मिलने सीतापुर चला जाता है। लेकिन वह दो सप्ताह के बाद भी लौटता नहीं। दूसरी ओर प्रौढ़ महिला ग्रीन माउण्ड पर दिखना बंद हो जाती है। अभयकृष्ण को यह गुत्थी कुछ समझ में नहीं आयी। उसे लगा कि वह एक बार फिर अकेला हो गया है नितांत अकेला।

अभयकृष्ण अपने चारों ओर घिरते रहस्य को सुलझाने की कोशिश कर रहा था। किंतु उसके पास कोई सूत्र नहीं था, जिससे वह आगे बढ़े। अब शाम को भी वह ग्रीन माउन्ड नहीं जा रहा था। जब एक दोपहर वह कानन डायल का जीवन चरित्र पढ़ रहा था तभी काल बैल बजी, वह दरवाजा खोलने

आगे बढ़ा। दरवाजे खोलते ही वह अचंभित रहा गया। दरवाजे पर नीली साड़ी वाली अधेड़ महिला खड़ी थी। उसने अपने को सामान्य किया और महिला को अंदर आने को कहा।

महिला ने एक नजर कमरे के चारों ओर घुमायी फिर वह सोफे पर बैठ गयी। उसने कहा 'आपका हाऊसकीपर नहीं दिख रहा है।'

'वह छुट्टी लेकर गया हुआ है।' उसने संक्षिप्त जवाब दिया।

'कहाँ गया है।' महिला ने फिर पूछा।

'शायद अपने भाई के पास सीतापुर गया हुआ है' उसने प्रतिउत्तर में कहा।

मैं आपको कुछ सूचना देने आयी थी। मेरे पति कर्नल अजीत ने कई साल पहले मुझे छोड़ दिया था। वह एक हवलदार की पत्नी के साथ सीतापुर रह रहा था। रिटायरमेन्ट के बाद वहां एक अंग्रेज का पुराना बंगला खरीद लिया था। कल उसका कत्ल हो गया।' उसने अपने पर्स से एक हिन्दी अखबार को निकालकर दिखाया।

अभयकृष्ण ने अखबार की उस छोटी सी खबर को गौर से देखा लेकिन उसका चेहरा निर्विकार बना रहा। महिला फिर बोली, 'आपका हाउसकीपर राजपूताना रायफल्स का भागा हुआ हवलदार है। कर्नल अजीत उसकी पत्नी को देखकर ऐसा फिदा हुआ कि उसे अपने घर में ही रख लिया। जोगेन्दर का कोई भाई सीतापुर नहीं रहता है।'

अभयकृष्ण अब हतप्रभ हो गया था। उसके चेहरे पर पसीना झलक रहा था।

महिला फिर बोली, 'आपका यहां का एसाईनमैंट भी आज समाप्त हो गया है। मेरे लड़के अरूप ने आपको मेरी हिफाजत के लिए यहां भेजा था। अब इसकी कोई जरूरत नहीं है।' अपनी बात पूरी करके वह खड़ी हो गयी-'यह आपकी फीस है, प्राईवेट डिटेक्टिव मि० ए०के० नैय्यर।' पर्स से उसने एक लिफाफा निकाला और उसे दिया और फ्लैट से बाहर चली गयी।

ৰ৹ৰ

दस्तक

सतीश बस से रोज झांसी आता-जाता था। सड़क खराब होने के कारण साठ मील का सफर भी दो घण्टे समय ले लेता था। रानी लक्ष्मीबाई मेडिकल कालेज में वह वार्ड बॉय का काम करता था। उसे सुबह आठ बजे पहुंचना पड़ता था जिसके लिए वह कस्बे के माहिल तालाब वाले बस स्टाप पर सुबह छः बजे पहुंच जाता था। अभी वह डेली-वेजेज पर ही काम कर रहा था। लगभग तीन हजार रूपये मिलते थे जिसमें तीन सौ रूपये एम०एस०टी० में लग जाते थे। मात्र छब्बीस सत्ताइस सौ रूपये ही उसे बचते थे।

घर से बाहर सुबह निकलना, शाम आठ बजे वापस आना-रात्रि में खाना खाना और फिर थक कर सो जाना-यही उसकी दिनचर्या थी। इस यंत्रवत जीवन में उसके पास सोचने-समझने का कोई समय न था। घर में माँ थी और एक बहन। बहन बीमार एवं आंशिक रूप से 'पैरालैसिस' से ग्रस्त। उसके अतिरिक्त उसका जीवन एक परित्यक्ता के समान था। उसके पति ने उसे घर से धक्के मारकर निकाल दिया था। सतीश के पिता को गुजरे वर्षों हो गये थे। उसकी इस व्यस्तता में उसके पास घर की समस्याओं के लिए समय था ही कहाँ। मेडिकल कालेज में दिनभर चीख-पुकार रहती थी। स्ट्रेचर से मरीजों को एक वार्ड से दूसरे वार्ड में या इमरजेन्सी से किसी वार्ड में ले जाना। डाक्टर और नर्सों के आगे पीछे भागते-दौड़ते रहना। यही रह गयी थी सतीश की ज़िन्दगी।

माँ एक टेलरिंग स्कूल में काम करती थीं। उसे थोड़ी बहुत सिलाई कढ़ाई भी आती थी। उसे एक हजार रूपये माहवारी मिलता था। खींच तानकर घर का काम चल जाता था। किन्तु अपने लिए समय किसी के पास न था। सतीश की बहन निर्मला घर की चार दीवारों में बंद हो कर रह गई थी। उसे पति ने उसे इतना मारा पीटा कि उसका बांया हिस्सा पैरालाइज हो गया था। वह अब व्हील चेयर पर ही बैठे-बैठे सारे काम करती थी। पिछले दो वर्षों में वह बैठे-बैठे घर के बहुत से काम निपटा लेती थी।

इसी अंतहीन यात्रा में एक दूसरा पात्र है-धनीराम-बस ड्राइवर। वह सुबह पाँच बजे पहली बस झांसी ले जाता था। इसमें बहुत से स्टूडेन्ट, वकील एवं नौकरी पेशा लोग जाया

करते थे। धनीराम अक्सर चौराहों तथा सड़क के किनारे बैग लिये खड़े मुसाफिरों के लिये बस रोककर देता था। इस बात को लेकर कन्डक्टर जब्बार से अक्सर कहासुनी हो जाती थी। लेकिन चाय-नाश्ता दोनों समथर एवं मोठ बस स्टाप पर एक साथ ही करते थे। उनकी कहा सुनी भी अजीबों गरीब सी थी।

सतीश और धनीराम की दोस्ती एक इत्तफाक न होकर एक संयोग थी। सतीश एक काला बैग लटकाये तालाब के किनारे खड़ा, बस का इंतजार करता। धनीराम बिना भूले हर रोज नियत जगह 2 मिनट रुकता और सतीश बस में चढ़ जाता। ड्राइवर की सीट के पीछे ज्यादातर वह बैठ जाता। वह तीन मुसाफिरों की थ्री-सीटर बैंचनुमा सीट होती थी। यह सिलसिला लगभग डेढ़-दो साल चला। लेकिन अचानक एक व्यवधान आ गया। सतीश की ड्यूटी चार बजे से अगले दिन सुबह 5 बजे तक की हो गयी। मेडिकल अफसर ने कहा 'जरूरत के अनुसार किसी भी सिफ्ट में ड्यूटी लगायी जा सकती है।' कुछ मिनटों के बाद सतीश की ओर इंगित करते हुए कहा 'यदि संतोषजनक काम करोगे तो तुम्हें दो वर्षों के बाद परमानेन्ट कर देंगे।' ऐसी विषम स्थिति में सतीश को रहने के लिए एक कमरा ढूंढना पड़ा।

सतीश एक नई कठिनाइयों में फिर फंस गया। कमरा तो झांसी कालपी रोड पर मिल गया। किन्तु समय पर खाना, चाय-पानी आदि की दिक्कत हो गयी। नर्स रेनू ने सुझाव दिया कि शाम को खाना मेडिकल कालेज की मैस में खा ले और सुबह का अपना इन्तज़ाम कर ले। कुछ दिन यह सब बड़ा अटपटा लगा। किन्तु धीरे-धीरे व्यवस्था अब ठीक बैठ गयी थी। धनीराम कभी कभार उसके कमरे में पहुंच जाता था। कभी सतीश की मां घर का बना कुछ नाश्ता आदि भी भिजवा देती थी। सतीश शनिवार रविवार घर हो आता था। ज़िन्दगी की गाड़ी चल रही थी, लेकिन कई कठिनाइयां अभी भी घेरे हुए थी। कभी-कभी कुछ सामान झांसी से खरीदकर अपनी बहन और माँ को धनीराम के हाथों सतीश भिजवा देता था।

सतीश ने अपने कमरे को ठीक-ठाक कर लिया। एक तख्त और एक मेज-कुर्सी खरीद ली थी। एक छोटी गैस भी खरीद ली थी। असल में झाँसी में सदर का इलाका कैन्टूनमैंट के तहत आता था। सेना के अफसर और जवान ट्रांसफर के वक्त अपना बेकार का सामान सस्ते दामों में बेंच कर चलते बनते थे। सतीश ने यह सारा सामान पाँच सौ रूपये में खरीद लिया था। यह सब सलाह रेनु ने दी थी। रेनू के मां-बाप नहीं

थे। एक चर्च आरफनेज में पली एवं बड़ी हुई थी। फादर डिसूजा ही उसके संरक्षक थे।

पिछले एक माह से धनीराम का कोई हालचाल नहीं मिला था। सतीश को कभी-कभी चिन्ता होने लगती थी। एक दिन दोपहर धनीराम एक जीप में अपनी पत्नी को लेकर मेडिकल कालेज आया। पत्नी बहुत बीमार थी। उसे सतीश ने तुरन्त एडमिट करा दिया। उसका कस्बे में टी०बी० का इलाज चल रहा था। मेडिकल कालेज में उसके कई टेस्ट हुए। अन्त में यह पता चला कि उसे कैंसर है। डॉक्टर ने बम्बई को रिफर कर दिया था। घनी राम ऐसी स्थिति में नहीं था। उसने सब मेडिकल कालेज पर छोड़ दिया। उसका इलाज वहाँ फिर शुरू हुआ। सतीश रात में उसकी तीमारदारी करता था। सुबह धनीराम आ जाता था। सतीश ने एक सच्चे हितैषी की तरह जो भी पैसा उसके पास था वह खर्च किया। लेकिन धनीराम की पत्नी दो-ढाई महीने के इलाज के बाद चल बसी। धनीराम गहरे सदमें में आ गया। सतीश ने उसे समझा बुझाकर कुछ दिनों बाद नौकरी पर भेज दिया।

सतीश, रेणु काफी नजदीक आ गये थे। लेकिन सतीश अपनी घर की स्थिति और गरीबी का हवाला देकर उससे दूर ही रहना चाहता था। इधर निर्मला का पति, इस आधार पर कि निर्मला तीन साल से अलग है और मानसिक रूप से अस्वस्थ है, उससे तलाक लेने में सफल हो गया। निर्मला का हाल बहुत बुरा था। सतीश इलाज के लिये अपनी बहन को झांसी ले आया। उसका इलाज रेणु ने शुरू करा दिया। पाँच-छह महीने बीत गये। इधर धीरे-धीरे रेणु ने उसका हौसला बढ़ाया। वह धीरे-धीरे चलने लगी। एक साल में वह सामान्य हो गई। इस कायाकल्प में रेणु की बहुत बड़ी भूमिका थी। अब रेणु उसे लेकर रविवार को मार्केट भी जाती थी। निर्मला ने भाई से कहा कि रेणु से अच्छी उसे कोई और लड़की नहीं मिलेगी। सतीश ने सारी बातें अपनी माँ पर छोड़ दी। धनीराम के हाथों झाँसी आने का संदेशा माँ को भिजवाया। एक शाम धनीराम माँ को लेकर आ गया। अब धनीराम भी एक सजीला नौजवान लग रहा था।

रेणु को एक दिन शाम को ढाबे जाते हुए धनीराम दिख गया। रेणु ने धनीराम का हालचाल पूछा। धनीराम ने निर्मला का हालचाल पूछा। रेणु ने धनीराम से निर्मला को अपनाने का आग्रह किया। धनीराम को निर्मला का अतीत पता था किन्तु उसने कुछ न कहकर एक मौन स्वीकृति दे दी।

अगला पूरा हफ्ता मिलने-जुलने और मार्केटिंग में गुजर

गया। पंडित से पूछकर मई में एक हफ्ते के अन्तराल में रेणु का सतीश से एवं धनीराम का निर्मला से विवाह निश्चित कर दिया गया।

विवाह के अवसर पर मेडिकल अफसर आये, बधाई दिया और एक लिफाफा सतीश को तथा एक लिफाफा रेणु को दिया। सतीश के लिफाफे में उसको स्थाई करने का सरकारी आदेश था। रेणु के लिफाफे में 501 रूपये थे। रोडवेज कर्मचारी यूनियन ने एक बहुत बड़ा उपहार धनीराम तथा निर्मला को विवाह पर सस्नेह भेंट किया। विवाह पवित्र मंत्रों तथा संस्कारों के अनुरूप सम्पन्न हो गया। इस तरह इन्हें जीवन की अंतहीन यात्रा में एक पड़ाव मिल गया।

৶৹৶